Die Walin

Christian Mahlow

Kurzroman

Impressum

1. Auflage: Juli 2021

www.edition-outbird.de

Covergrafik & Illustrationen: Joelle Vanderbeke
Covergestaltung: Tristan Rosenkranz
Lektorat: Klaus Rosenkranz, Tristan Rosenkranz
Satz & Layout: Benjamin Schmidt
Herausgeber: Tristan Rosenkranz, Peter Peukert

ISBN: 978-3-948887-12-4
Preis: 15,00 Euro

An Sonntagen ist es mit der Zeit sonderbar. Sie verlässt ihren Rhythmus. Sie dehnt sich zwischen sechs und neun Uhr morgens quälend aus – vom Aufstehen bis zum Ankommen im Ozeanarium, und sie zieht sich zusammen, wenn ich vor der gewölbten Scheibe stehe und im dunklen Blau die Walin betrachte.

Ich betrete am Sonntagmorgen die Bäckerei neben dem Ozeanarium und mir weht der Duft von frisch gebackenen Brötchen entgegen. Ich bin allein im Laden. Die Verkäuferin ist wahrscheinlich hinten in der Backstube. Also betrachte ich in Ruhe die Auslagen auf der Suche nach Streuselschnecken. Ich finde aber auf den ersten Blick keine. Auch nicht auf den zweiten. Ich finde nichts mit Streuseln. Keine Puddingschnecke mit Streuseln, keinen Apfelstreuselkuchen, nicht einmal einen Butterstreuselkuchen. Ich werde ein wenig nervös und lasse meinen Blick über das Gebäck schweifen. Mohnkuchen, Zupfkuchen, Quark- und Kirschtaschen, Käsekuchen, Erdbeerkuchen, ein Blech gefüllter Bienenstich, ein Frankfurter Kranz – dessen Anblick mir schon schwer im Magen liegt – Croissants, Pain au Chocolat, Amerikaner für 75 Cent – ein seltsames Gebäck, dessen Namen ich nicht verstehe – heute im Sonderangebot. Ein Mann räuspert sich hinter mir. Ich drehe mich um und sehe ein ungeduldiges Gesicht. Wie lange stehe ich schon hier? Ich drehe mich wieder zu den Auslagen und sehe die Verkäuferin. Ich habe überhaupt nicht bemerkt, dass sie wiedergekommen ist. Aber im Gegensatz zu dem Mann hinter mir wirkt sie gelassen. *Was darf es sein?* Obwohl sie mich anschaut, bin ich nicht sicher, ob die Frage an mich gerichtet ist. Der Mann atmet geräuschvoll. Es ist eine simple Frage, aber ich kann sie nicht beantworten. Es darf etwas mit Streuseln sein, wie immer, möchte ich gerne sagen.

Ich nehme ein Stück vom gefüllten Bienenstich und eine Tasse Kaffee. Der sichere Klang meiner Stimme überrascht mich. *Setzen Sie sich doch, ich bringe es Ihnen*, sagt die Verkäuferin nickend. Der Mann hinter mir seufzt erleichtert, als ich meinen Platz in der kurzen Schlange für ihn frei mache. Knirschend bestellt er zehn Schrippen und vier Pfannkuchen mit Pflaumenmusfüllung. Die hatte ich gar nicht gesehen, denke ich, und setze mich an einen Tisch für zwei am Fenster. Auf der anderen Straßenseite prangt der Delfin über dem Eingang vom Ozeanarium. Er bräuchte frische Farbe, denke ich. Das Blau ist von der Sonne ausgeblichen. Mit raschelnden Papiertüten hastet der Mann an mir vorbei aus der Bäckerei und dann den Bürgersteig hinunter. Wahrscheinlich geht er zu seiner Familie, die es ihm unmöglich gemacht hat, am Sonntag auszuschlafen. Die zwei Kinder sitzen in der kleinen Wohnung seit Sieben vor dem zu lauten Fernseher. Und da der Mann, der bestimmt zu viel arbeitet, nur einen leichten Schlaf hat, war er spätestens seit halb acht wach. Er hat sich im Bett hin und her gewälzt und um viertel neun meinte seine Frau verschlafen zu ihm: *Du, wenn du schon wach bist, dann geh doch zum Bäcker. Ich mache gleich Frühstück.* Genervt vom verwehrten Sonntagsschlaf und erleichtert darüber, dem bedrückenden Zuhause einen Moment zu entkommen, machte sich der Mann auf den Weg. Und hier ging ich ihm auf die Nerven, weil mich das Fehlen der Streuselschnecken ganz verwirrt hat.

Guten Appetit, sagt die Verkäuferin lächelnd und stellt mir einen weißen Teller mit einem Stück gefüllten Bienenstich und eine kleine Tasse Kaffee auf den Tisch. So oft, wie wir uns gesehen haben, könnte man annehmen, wir würden zumindest unsere Namen kennen. Aber wir tauschen nur das Guten Morgen, die Bestellungen und die üblichen höflichen Sätze aus. Eigentlich könnte ich die Frau fragen, warum es heute keine Streuselschnecken gibt, aber ich bin zu langsam. Sie ist schon wieder in der Backstube verschwunden. Ich rede wenig mit Menschen. Erst, wenn ich mir sicher bin, was ich ihnen sagen will, fällt es mir leicht zu sprechen. Vorher bekomme ich kein Wort heraus. Meine Handflächen werden nass und mein Hals eng. Es gibt viele Gespräche, die ich hätte führen wollen, aber nur wenige, die ich geführt habe. Mit den Jahren habe ich deshalb begonnen, mehr zu denken, mir mehr vorzustellen.

Ich steche meine Gabel in den Bienenstich. Die Mandeldecke ist matschig und die gelbe Füllung quillt zu beiden Seiten aus dem Kuchen. Er schmeckt wässrig und aufgetaut. Er schmeckt auf keinen Fall, wie ein Bienenstich in einer Bäckerei schmecken sollte. Der Geschmack erinnert eher an einen Discounter und eine unterbrochene Kühlkette. Aber das enttäuscht mich nicht. Es kann mich nicht enttäuschen. Enttäuscht hat mich nur das Fehlen der Streuselschnecke. Für mich liegt die Enttäuschung nicht in den Dingen an sich. Die sind, wie sie sind. Für mich liegt die Enttäuschung darin, dass die

Dinge anders eintreten, als ich sie erwartet habe. Enttäuschung ist die Differenz zwischen Erwartung und Realität. Es enttäuscht mich nur, dass die Streuselschnecke nicht da ist. Nicht aber, dass die Alternative unzureichend ist. Das versteht sich von selbst. Sie ist die Alternative, nicht das Eigentliche. Für andere Menschen ist das umgekehrt. Ihnen ist es egal, dass es nichts mit Streuseln gibt, aber es enttäuscht sie, dass der Bienenstich wässrig und aufgetaut schmeckt. Diese Menschen könnten denken, ich sei ein unglücklicher Mensch. Sie sagen, er ist ja nur glücklich, wenn eintritt, was er sich wünscht. So etwas ist doch selten der Fall. Hier muss ich widersprechen. Es ist nur selten, dass Wünsche in Erfüllung gehen, wenn man unrealistisch wünscht. Ich wünsche das Erwartbare. Ich wünsche realistisch. Ich wünsche eine Streuselschnecke, keinen Lottogewinn. Deshalb würde ich mich als einen glücklichen Menschen bezeichnen. Mein Blick fällt auf meine Armbanduhr. Es ist 8.51 Uhr. Gleich öffnet das Ozeanarium.

Die Türen des Ozeanariums sind noch geschlossen. Hinter den dicken Glasscheiben sehe ich den älteren Herrn, der an der Kasse sitzt und das Wechselgeld zählt. Er ist bereits bei den Münzen angekommen. Eigentlich will ich ihn nicht stören - ich weiß, dass man sich gerade bei den kleinen Geldstücken oft verzählt -, trotzdem klopfe ich vorsichtig an die Scheibe. Sonntags bin ich ungeduldig, weil ich mich nach der Ruhe dieses Ortes sehne. Außerdem habe ich eine Saisonkarte. Ich muss sie dem älteren Herrn nur zeigen, denke ich, er braucht mich nicht abzukassieren. Diese Unterbrechung halte ich für zumutbar. Der Mann hört das Klopfen, schaut auf und sieht in meine Richtung. Ich drücke meine Saisonkarte gegen die Glastür und versuche zu lächeln. Da hellt sich das Gesicht des älteren Herrn auf. Er erkennt mich. Langsam schiebt er seinen Stuhl zurück und kommt hinter der Kasse hervor. Mit einem Schlüsselbund in der Hand schlurft er zur Tür und schließt mir auf. *Sie sind es. Guten Morgen.* Er dreht sich um und schaut auf eine Uhr, die im Kassenhäuschen hängt. *Fünf Minuten vor der Zeit ist die wahre Pünktlichkeit. Kommen Sie rein.* Ich lächle den Herrn erleichtert an und bedanke mich. Gott sei Dank, ich bin der Erste. Ich werde hier gleich ganz alleine sein und niemand wird mich stören. Das ist das Schönste am Sonntagmorgen: Die Ruhe zwischen den Fischen, die gleichmütig ihre Bahnen durch die Becken ziehen und natürlich sie, die Eine, die sich heute hoffentlich zeigt. Ich will dem Mann meine Saisonkarte zeigen, aber er winkt lässig ab. *Sie gehören schon zum Inventar.* Er lacht und geht zurück zur Kasse. Ich nicke ihm zu und husche gleich darauf durch die leere Vorhalle über die frisch gewischten Böden hin zu einer Tür auf der ‚Eingang' steht. Über mir schwebt das riesige Skelett eines Pottwals.

Die Tür ist nicht geöffnet und kurz bekomme ich Angst, sie könnte abgeschlossen sein. Als ich aber die Hand an die Klinke lege und sie herunterdrücke, lässt sich die Tür mühelos aufschieben. Vorsichtig öffne ich sie einen Spalt und schlüpfe in den dunklen Gang. Langsam zieht ein Mechanismus die Tür wieder zu. Um mich herum ist es dunkel. Nur die Becken werfen ihr Licht in den langen hohen Gang.

An den Scheiben der Aquarien ziehen die Fische ruhig ihre Bahnen. Niemand außer mir ist da. Links und rechts von mir, direkt im Eingangsbereich, befinden sich die Süßwasserbecken mit den heimischen Fischen. Den Besuchern wird hier erzählt, dass der Hecht ein Raubfisch sei, der Karpfen aber nicht und der Wels einer der größten Fische, der in unseren Binnengewässern anzutreffen sei. Zu jedem Schild schwimmt das passende Exemplar zwischen Wurzeln und Wasserpflanzen in einem Becken, das zwischen zwei und sechs Metern misst. Alle Scheiben sind sauber. Wahrscheinlich kommt jeden Abend ein Fensterputzer, der die Abdrücke der plattgedrückten Kindernasen, ihre Fingerschlieren und die Reste von Süßigkeiten entfernt. Morgens, wenn ich komme, sieht alles perfekt aus. Manchmal stelle ich mir vor, dass man alles nur wegen mir saubermacht, damit ich einen schönen und ungestörten Sonntag mit den Fischen verbringen kann.

Während die Süßwasserbecken alle etwas trist aussehen, schillern die Salzwasseraquarien. Das Wasser wirkt klarer, zyan-, azurfarben. Seeanemonen wiegen seicht hin und her, ein paar Clownsfische verstecken sich zwischen ihren Fängen. Gelbe Trompetenfische schweben wie Flöten mit Augen durchs Wasser. Es ist so still, dass ich mich atmen hören kann. Oft, wenn ich sonntagmorgens allein mit den Fischen bin, habe ich den Gedanken, auch ein Fisch zu sein. Ein Fisch unter Fischen. Ruhig, schweigend, glücklich.

Ganz am Ende des Ganges öffnet sich ein großer, kreisförmiger Raum, in dessen Mitte zwei Bänke stehen. Ich setze mich auf die linke. Leise. Ich nehme die linke, weil die rechte etwas knarrt. Vor mir wölbt sich die enorme Glasscheibe eines riesigen Aquariums, eines der größten Europas. In diesem Aquarium schwimmt ein Wal. Kein Beluga oder Orca, wie ihn viele Sealife Center haben. Dieses Ozeanarium hat einen Zwergwal. Man sieht diesen Wal nur selten. Er ist schüchtern und schwimmt nur manchmal vor die Scheibe. Auch in diesem Augenblick fehlt jede Spur von ihm.

Dieses Becken hat keine Deko wie die anderen, keine Wasserpflanzen. Da ist nur ein tiefes, dunkles, ruhiges Blau. Vielleicht war gerade eben noch ein Pfleger hier, weshalb der Wal nicht zu sehen ist. Ein schüchterner Wal in einem Ozeanarium, das ist seltsam. Eigentlich ist es doch die Aufgabe des Wals, sich zu zeigen. Aber was versteht ein Wal schon von seinen Aufgaben im Ozeanarium?

Mein Blick fällt auf mein Hemd. Ich habe vergessen, mir die Kuchenkrümel abzuklopfen. Aber das muss jetzt warten. Ich will mich so wenig wie möglich bewegen. Ich möchte den Wal nicht erschrecken. Ich möchte ihn sehen. Ihn. Ich mache diesen Fehler immer wieder. Der Wal ist ein Weibchen. Eine Walin. Ich glaube, korrekt heißt das ‚Walkuh'. Aber bei einer Kuh muss ich immer an das Schimpfwort denken, deswegen versuche ich Walin zu sagen. Das ist ein schönes Wort und noch nicht so abgenutzt. Eigentlich ist es gar nicht abgenutzt. Ich habe es noch nie gehört. Vielleicht habe ich dieses Wort erfunden. Ich lege mir das Wort auf die Zunge und schiebe es langsam über meine Lippen. Walin. Es klingt sehr mächtig und ein wenig zart. Alles gleichzeitig. Walin. Mein Blick heftet sich an die Scheibe. Irgendwo tief im Blau des Beckens sehe ich einen dunklen Schatten wandern. Aber nur für einen Augenblick, dann ist er wieder verschwunden. *Walin*, flüstere ich. Aber wie soll sie mich hören? Ich starre ins Becken. Wahrscheinlich habe ich mich getäuscht. Da war kein Schatten. Ich lege meine Hände in den Schoß und versuche ganz still zu sein, mich nicht zu bewegen. Aber dieses Wort: Walin. Ich möchte es noch einmal sagen. Mich überkommt das Gefühl, sie könnte es gehört haben. *Walin,* flüstere ich. *Walin.* Langsam schiebt sich ein Schatten näher an die Scheibe. Der Schatten ist erst klein, dann wird er größer und bekommt Konturen, ein mächtiges Gesicht, das direkt vor mir an der Scheibe schwebt und mich ansieht. Augen groß wie meine Handflächen, tiefschwarz. Ich erstarre. Die Walin ist unglaublich schön und schaut mich an. Das kann nicht sein. Oder doch? Die Walin muss mich anschauen. Wen soll sie sonst anschauen? Ich bin ganz allein hier. *Walin*, flüstere ich. Sie tut nichts. Ihre Schwanzflosse bewegt sich kaum, ganz sachte schwingt sie hin und her. Die Walin schwebt vor mir. So nah habe ich sie noch nie gesehen. Ich möchte hingehen. Nur gute vier Meter bin ich von der Scheibe entfernt. Wenn die Walin mich nun doch gehört hat und gekommen ist, weil ich sie gerufen habe? Haben Wale nicht ein unglaublich gutes Gehör? Ich versuche, so langsam wie möglich aufzustehen und mich nicht an der Bank abzustützen. Womöglich könnte ich sie noch mit einem Knarzen nach hinten schieben. Ich stehe. Die Walin verharrt immer noch hinter der Scheibe, ihren Blick auf mich gerichtet. Vorsichtig setze ich einen Fuß vor den anderen, winzige, zaghafte Schritte. Ich bin so hingerissen und überwältigt, dass meine Knie nachgeben wollen und mein Herz bis zum Hals hinauf hämmert. Das riesige Tier ist ruhig. Die Walin schwebt und schaut. Ich stehe an der Scheibe. Nur ein paar Zentimeter Spezialglas trennen uns. Ich habe das Gefühl, etwas in mir beginnt zu leuchten, so ergriffen bin ich. Dann sehe ich die Augen der Walin und mich überkommt Trauer. Ich möchte weinen. Die Walin sieht mich an. Warum? Was will sie? Warum sieht sie so traurig aus? Ich fühle mich hilflos und reibe vor Nervosität meine Finger aneinander. Was ist das für eine Trauer in den Augen der Walin? *Ich möchte dir helfen, ich möchte dich retten, Walin,* murmle ich und lege vorsichtig meine

Finger auf das Glas. Die Walin sieht mich noch einen Augenblick lang an, dann wendet sie sich ab. Ich sehe ihre Flanke, die an mir vorüberzieht, grau, weiß, schimmernd. Dann die Schwanzflosse, die mit langsamen Schwüngen den riesigen Leib zurück in das Dunkel treibt. Irgendwann ist sie nur noch ein dunkler Schatten, dann, einen Augenblick später, ist sie wieder eins mit dem Blau.

Um mich herum ist ein sattes Blau. Ich fühle mich leicht, schwerelos. Das Blau über mir ist heller. Es glitzert. Unter mir wird es dunkler. So dunkel, dass ich nichts darin erkennen kann, keinen Umriss, keine Farbe, keinen Grund. Undurchdringlichkeit. Das Dunkel, denke ich, sollte mir Angst machen, aber ich fühle mich angezogen. Ich kann nicht wegschauen. Meine Augen graben sich in die Finsternis. Um mich herum wird das Blau dunkler. Ich drehe meinen Kopf und schaue nach oben. Das hellblaue Glitzern, es ist weiter weg als noch einen Augenblick vorher. Ich sinke. Unbeholfen mache ich Schwimmbewegungen. Ich strample, aber es nützt nichts. Das Blau um mich herum ist schon so dunkel, dass ich kaum noch etwas erkennen kann. Ich reiße meine Augen auf. Ich kneife sie zu Schlitzen zusammen, aber da ist nichts. Es ist nichts zu sehen. Doch. Unter mir. In der Dunkelheit zeichnet sich ein Schatten ab. Er bewegt sich langsam. Oder täusche ich mich? Wie kann ich in dieser Dunkelheit meinen Augen trauen? Ich meine, dass der riesige Schatten sich bewegt. Er kommt langsam näher. Ich reiße den Mund auf und salziges Wasser schießt hinein. Ich schlucke es, muss husten. Noch mehr Wasser drückt die Luft aus meinen Lungen. Der Schatten wächst. Ich strample. Ich bekomme keine Luft. Ich strekke die Hand aus und berühre ihn.

Ich habe geträumt. Zusammengekauert wie ein Kind liege ich im Bett. Ich starre auf die Digitalanzeige des Weckers. 5 Uhr 57. Werktags klingelt der Wecker immer um 6. Jetzt bin ich schon wach. Es gibt Menschen, die können lange schlafen. Die können ausschlafen. Ich schlafe bis 5 Uhr 57. Es spielt dabei keine Rolle, wann ich ins Bett gehe. Den Wecker habe ich nur noch aus Gewohnheit. Ich habe ihn, weil ich nicht weiß, was ich sonst auf den Nachtschrank stellen soll. Und ich habe ihn, weil mir seine rote Digitalanzeige ein Gefühl von Stabilität gibt. 5 Uhr 58. Ich schlage die Decke zurück und es dampft. Ein kühler Luftzug streicht über meine Haut. Ich bin verschwitzt. Das Laken klebt an meinem Rücken. Mein Brusthaar kräuselt sich in feuchten Locken. Seit einigen Wochen geht das schon so. Ich weiß nicht, ob es mit den warmen Nächten kam oder ob es schon vorher da war. 5.59 Uhr. Ich stelle meine Füße auf den Läufer vor dem Bett und richte mich auf. Jeden Morgen beruhigt es mich, wenn ich realisiere, dass meine Beine mich tragen. Ich bin weder sehr alt noch schwach oder krank. Trotzdem spüre ich in einer der hintersten Ecken meines Gehirns, dass ich eines Tages aufwachen werde, meine Füße auf den Läufer stelle und meine Beine mich nicht mehr tragen. Ich kann nicht sagen, dass ich mich vor dem Gedanken fürchte, er ist noch zu weit weg, aber ich spüre seine Anwesenheit. Ich gehe zum angekippten Fenster und mache es weit auf. Trotz des frühen Morgens sind es schon gute zwanzig Grad und der Himmel leuchtet hellblau und weiß.

6 Uhr. Ich habe es mir zur Angewohnheit gemacht, eine Stunde zu arbeiten, bevor ich frühstücke. So kann ich mein Frühstück mehr genießen, denn ich weiß, ich habe bereits etwas geleistet. Ich ziehe mir meinen Bademantel an, setze mich an den Schreibtisch, der gleich neben dem Bett steht und klappe den Laptop auf. Ich soll einen 3000-Zeichen-Text zu den Gilli-Inseln in Indonesien schreiben. Es handelt sich dabei um drei winzige Inseln, die nur zwei Mal am Tag mit kleinen Fährbooten zu erreichen sind. Eine der Inseln, die mittlere, hat einen kleinen Salzsee im Landesinneren. Meine Aufgabe ist es, diese Inseln für ein Online-Reiseportal möglichst lebensecht zu beschreiben. Natürlich war ich noch nie vor Ort, aber das ist auch nicht notwendig. Schon viele Menschen vor mir waren dort und haben ihre Erlebnisse mit Fotos und kleinen Berichten über die Landschaft, die Leute, die Gastronomie und die Freizeitangebote festgehalten. Ich schreibe meinen Text aus den Versatzstücken vieler anderer Autoren und beschreibe die Bilder der Fotografen. So garantiere ich, dass kein Text eine Lüge ist, denn er basiert immer auf dem Text eines Menschen, der schon mal dort war. Und selbst wenn dieser Mensch auch noch nicht dort war, bezieht er sich wiederum auf einen Menschen, der die Insel schon einmal zu Gesicht bekommen hat.

In meinem letzten Absatz beschreibe ich, wie wundervoll das Schnorcheln im flachen Wasser vor der Küste ist. Man steht kaum bis zu den Hüften im Meer und muss nur den Kopf unter Wasser halten, schon tut sich die prächtigste Tier- und Pflanzenwelt auf. Und wer ein paar Münzen mehr in der Tasche hat, der kann auch gern mit einem der Jungen des Dorfes ein paar hundert Meter auf das Wasser hinausfahren und dort an den Riffen tauchen. Die Jungs aus dem Dorf haben es sich zum Hobby gemacht, die Touristen zu verblüffen. Wenn diese im Wasser sind und nur ein tiefes Blau unter sich sehen, deuten die Jungen nach unten, an jenen Rand, an dem das Blau zu einem Schwarz wird und das Meer aussieht, als könnte es jeden und alles verschlucken. Die Jungen schießen in die blaue Tiefe hinab, den Touristen wird unwohl, denn sie sind allein im fast offenen Meer, und dann weiten sich ihre Augen unter den beschlagenen Brillen, denn die Zwölf- oder Vierzehnjährigen kommen mit einer Wasserschildkröte in den Händen nach oben geschwommen und tun so, als sei es das Normalste der Welt. In ihrer Welt stimmt das wahrscheinlich auch. Ich bin mit dem Absatz zufrieden und beschließe zu frühstücken.

Als ich die Schlafzimmertür öffne, stehe ich vor einem großen, dunkelgrauen Etwas, das die Tür versperrt. Aus Reflex werfe ich die Tür zu. Ich sehe mich im Schlafzimmer um. Mein Bett, die aufgeschlagene Decke, das eingedrückte Kissen, mein Schreibtisch, der aufgeklappte Laptop, der Text, den ich noch vor einer Minute geschrieben habe. Ich schaue durchs Fenster. Draußen läuft eine Frau vorbei. Sie führt ein Kind mit Schulrucksack an der Hand. Der Bus kommt, hält an. Sie steigen ein. Es ist

Montag. Alles ist normal. Was soll da vor meinem Schlafzimmer sein? Wieder gehe ich zur Tür. Ich greife nach der Klinke, drücke sie herunter und die Tür schwingt auf. Das graue, große Etwas ist noch da. Es ist feucht. Das fällt mir als Erstes auf. Es ist circa einen Meter fünfzig hoch und sehr lang. Ich strecke meine Finger aus und berühre es. Es zuckt. Erschrocken ziehe ich meine Hand zurück. Ich muss wach sein. Zwischen dem dunkelgrauen Etwas und meiner Wohnzimmerwand ist ein wenig Platz. Gerade so viel, dass ich hindurch passe. Ich binde den Bademantel zu und schiebe mich vorsichtig durch den schmalen Gang. Der Geruch von Salz und Meer steigt mir in die Nase. Das Etwas vibriert und zuckt. Als ich im Wohnzimmer stehe, traue ich meinen Augen nicht. Da ist ein handflächengroßes Auge, das mich anschaut. Ich muss träumen, denke ich. Es kann nicht anders sein. Es gibt keine Erklärung dafür. In meinem Wohnzimmer liegt ein Zwergwal.

Du liegst bei mir. Ich setze alles unter Wasser, weil ich glaube, dass du nur so atmen kannst. Es ist mir dabei fast egal, ob ich ertrinke.

Ich laufe durch das Wohnzimmer und betrachte den Wal. Die Ausmaße des Tieres sind enorm. Der Kopf liegt auf den Fliesen der offenen Küche, der Rumpf durchmisst das Wohnzimmer und der hintere Teil mit der gewaltigen Schwanzflosse liegt abgewinkelt vor der Schlafzimmertür. Um den Wal herum ist es nass. Es stehen kleine Pfützen auf dem Teppich, der bei jedem meiner Schritte schmatzende Geräusche macht.

Ich setze mich auf das Sofa und lege meine Hände in den Schoß. Sie sind kalt. Ich stelle fest: Ich bin wach. Mir ist nicht schwindelig. Ich spüre meine Arme und Beine. Bis auf ein nervöses Flimmern im Bauch fühle ich mich normal. Da ist nur eins: Ein Wal liegt in meinem Wohnzimmer.

Die Haut des Wals glänzt. Der Rücken ist dunkelgrau, sein Bauch fast weiß und mit Streifen gemasert. Das spitze Maul ist leicht geöffnet, sodass die Barten hindurch schimmern. Kurz hinter der Stelle, an der Ober- und Unterkiefer zusammenkommen, liegt ein handflächengroßes geöffnetes Auge, das mich ansieht. Nervös reibe ich meine Fingerspitzen aneinander. Dieser Wal hat eine große Ähnlichkeit mit der Walin aus dem Ozeanarium. Es ist auch ein Zwergwal. Ich stehe vom Sofa auf und gehe einige Schritte auf den Wal zu. Sein Gesicht gleicht dem der Walin. Ihr Bild in meiner Erinnerung ist ganz frisch. Was macht die Walin aus dem Ozeanarium in meiner Wohnung? Andererseits, was sollte irgendein Zwergwal hier in meiner Wohnung machen? Es muss die

Walin aus dem Ozeanarium sein. Alles andere ergäbe gar keinen Sinn.

Das schwarze Auge des Wals - oder soll ich sagen: der Walin - lässt mich nicht los. *Bist du's, Walin?*, murmle ich. Ihr Augenlid schließt sich für einen Wimpernschlag und gleich darauf fixiert mich der dunkle Kreis wieder. Was war das? Hat mir der Wal gerade zugezwinkert? *Walin*, sage ich etwas lauter, bist du das? Ich starre auf das bewegungslose Auge des Tieres. Dann rutscht langsam das Lid herunter, bis es das Auge ganz bedeckt. Für eine Sekunde ist die dunkle Iris verschwunden, dann taucht sie unter dem Lid wieder auf und das nervöse Flimmern in meinem Bauch wird stärker. Walin. Das Wort rauscht durch alle meine Gedanken. Was machst du hier?

Wie benommen gehe ich zum Sofa und sinke schwerfällig in die Polster. Ich muss total verrückt sein. Das soll die Walin aus dem Ozeanarium sein, die jetzt einfach so in meinem Wohnzimmer liegt? Und als ob das nicht schon sonderbar genug sei, kommuniziert sie mit mir, indem sie zwinkert? Ich schließe die Augen in der Hoffnung, dass die Walin verschwunden ist, wenn ich sie wieder öffne. Die Hoffnung zerschlägt sich sofort. In der Dunkelheit rieche ich ihren feuchten salzigen Duft noch klarer als zuvor und ich höre das Zischen, das die Walin macht, wenn sie ausatmet.

Ich öffne die Augen. So. Sie ist also wirklich hier. Durch die Wohnzimmerfenster fällt helles Morgenlicht. Es lässt den roten Teppich leuchten, tanzt in den Pfützen und legt sich glitzernd auf die feuchte Haut der Walin. Wie ist sie wohl aus dem Ozeanarium hierhergekommen? Ich springe mit einem Satz vom Sofa auf. Es ist vollkommen egal, wie sie hergekommen ist, sie ist hier. Und das bedeutet, sie ist nicht mehr im Ozeanarium, nicht mehr in ihrem Becken. Sie ist nicht mehr im Wasser. Wie konnte ich so blind sein? Die Walin liegt hier. Auf dem Trockenen. So kann sie unmöglich überleben. Die Strahlen der Morgensonne tummeln sich erbarmungslos auf ihrer Haut und lassen langsam, aber sicher alles Wasser verdunsten. *Du Idiot!*

Ich haste ins Bad und fülle den Wischeimer mit Wasser. Dann reiße ich ein Handtuch vom Haken und tauche es hinein. Das Wasser schwappt aus dem Eimer, als ich zurück ins Wohnzimmer stürze. Die Walin ist riesig. Wo soll ich anfangen? Was ist jetzt richtig? Ich beginne mit den Stellen, die in der Sonne liegen. Mit dem nassen Handtuch reibe ich über die Haut der Walin. In Rinnsalen läuft es an ihr herunter. Ich tauche das Handtuch immer wieder in den Eimer. So arbeite ich mich Meter für Meter an der Flanke der Walin entlang. Als ich beim Kopf angekommen bin und schon zweimal frisches Wasser geholt habe, sehe ich, dass die ersten Hautstellen schon wieder trocken werden, weil die Sonnenstrahlen immer noch durch das Fenster ins Zimmer einfallen. Ich reiße an den cremefarbenen Vorhängen und ziehe sie zu. Sie sind durchsichtig und nehmen nur einen kleinen Teil des Lichts weg. Auf dem Sofa liegt eine orangekarierte

Decke. Ich nehme sie und klettere unbeholfen auf das Fensterbrett. Von dort aus werfe ich die Decke über die Gardinenstange. Die Decke ist groß. Zu beiden Seiten der Gardinenstange hängt sie jetzt herab. Ich ziehe sie so zurecht, dass nur noch durch einen schmalen Streifen am unteren Rand des Fensters Licht scheint. Erleichtert blikke ich in das dunkle Zimmer. Die Walin liegt im Schatten. Ich klettere vom Fensterbrett herunter und schalte die Stehlampe ein. Gelbes Licht fällt durch den Schirm und erhellt notdürftig das feuchte, nach Meer riechende Zimmer. In diesem Zwielicht sieht die Walin unwirklich aus. Ihre Konturen und der Schatten verschwimmen zu dunklen, albtraumartigen Formen.

Alles ist ruhig. Dann zischt es wieder durch eines der Blaslöcher auf dem Rücken der Walin. Sie atmet. Ich gehe erneut ins Badezimmer und hole frisches Wasser. Dabei achte ich darauf, dass es nicht zu warm ist. Gemeine Zwergwale ziehen kältere Gewässer vor. Als ich mit dem vollen Eimer wiederkomme, stehe ich vor einem Problem. Bis jetzt habe ich nur die Seite der Walin mit Wasser befeuchtet, die ich erreichen konnte. Die andere Flanke der Walin liegt direkt an der Wohnzimmerwand. Ich könnte versuchen, einen ganzen Eimer über ihren Rücken zu schütten, damit sollte ich ihre Haut feucht halten können. Allerdings würde dann meine Wohnung schnell unter Wasser stehen. Eine Leiter habe ich nicht. Ich müsste über den Schwanz der Walin auf ihren Rükken klettern und ihre Haut von dort aus feucht abreiben.

Das erscheint mir im Moment die einzige Lösung zu sein. Ich hoffe, ich tue der Walin damit nicht weh. Ich stelle den Wassereimer ab und beuge mich unsicher zu ihrem Auge herunter. *Walin*, sage ich. *Ich werde jetzt auf deinen Rücken klettern und deine Haut mit dem Handtuch abreiben. Das ist wichtig. Du darfst nicht austrocknen.* Seltsam. Ich rede mit der Walin wie mit einem Menschen. Dabei kann sie mich doch gar nicht verstehen. Trotzdem hoffe ich darauf, dass sich das Lid der Walin zum Einverständnis einmal schließt. Es vergehen Sekunden. Nichts passiert. Was erwarte ich? Wie soll sie mich verstehen? Wie soll sie mit mir sprechen? Ich lege meine Hand vorsichtig neben das Auge der Walin und sage leise: *Es ist wichtig.* Das Lid der Walin schließt sich langsam und rutscht dann wieder nach oben. *Danke,* sage ich.

Behutsam setze ich mich auf ihren Rücken, kurz vor der Schwanzflosse. Meine Füße berühren noch den Boden. Ich lege meine Hände auf ihre Haut und warte. Die Walin liegt regungslos unter mir. Ich vermute, dass mein Gewicht kein Problem für sie ist. Ich lege meinen Oberkörper auf ihr ab. Durch den offenen Bademantel kann ich die Nässe ihrer Haut spüren. Langsam rutsche ich ihren Rücken hinauf. Vor der Finne halte ich an und stelle den Eimer neben der Rückenflosse ab. Dann tauche ich das Handtuch ins Wasser und versuche die der Wand zugewandte Flanke der Walin zu erreichen. Zunächst geht es gut, aber dann beuge ich mich ein Stück zu weit zur Seite und beginne abzurutschen. Reflexartig greife ich nach der Finne der Walin, um mich daran festzuhalten. Dabei biege ich sie und hänge plötzlich mit meinem ganzen Gewicht daran. Die Walin bäumt sich auf und gibt ein dumpfes Grollen von sich. Der Eimer kracht zu Boden und das Wasser schwappt in einer Welle auf den Teppich. Ich lasse augenblicklich die Finne los und versuche, mich an der Wand abzustützen. Der gewaltige Körper der Walin bebt noch. Nur langsam kommt sie zur Ruhe. Ich sitze steif, die Hände immer noch an die Wand gestützt, auf ihrem Rücken. Jetzt liegt die Walin wieder regungslos unter mir. Meine Knie zittern. Ungelenk steige ich von ihr ab, wie von einem Pferd. *Es tut mir leid*, murmle ich und hebe den Eimer auf. Mir ist schwindlig. *Ich wollte dir nur helfen. Das Wasser, weißt du, wir müssen auch die andere Seite feucht halten.* Ich schaue die Walin an und habe das Gefühl, ihr Augenlid hängt etwas tiefer herab als vorhin. Zaghaft streichle ich über ihre raue Haut und weiß nicht, ob ich damit mich oder sie beruhigen will. *Du hast Recht*, sage ich. *Ich hätte mich sofort dafür entscheiden sollen, dir das Wasser einfach über den Körper zu gießen, anstatt dir wehzutun. Soll die Wohnung ruhig nass werden. Entschuldige.* Ich nehme den Wassereimer und gehe ins Bad, um ihn zu befüllen.

Ich erinnere mich. Ich habe am Sonntag zur Walin gesagt, dass ich sie retten werde. Sie schwebte im blauen Wasser vor der dicken Glasscheibe. Sie kann nur mich angesehen haben, denn unsere Gesichter waren einander zugewandt und ich war der Einzige dort. Und da habe ich gesagt, dass ich sie retten werde, ganz leise zwar, aber ich habe es gesagt. Ich habe es gesagt, weil sie auf eine unerklärliche Weise traurig aussah. Und jetzt ist sie hier.

Ich sitze auf dem Sofa. Die Polster sind schon ein wenig feucht. Ich fahre mit den Händen darüber und spüre, wie der Stoff über meine Haut reibt. Wenn ich die Walin anschaue, die der Länge nach in meinem Wohnzimmer liegt, habe ich das Gefühl, dass ich den Verstand verliere. Sehe ich hingegen meine feuchten Handflächen an, habe ich das Gefühl, alles mit mir sei in Ordnung. Die Walin hat meine Worte nicht verstanden, aber sie hat vielleicht ihre Bedeutung gespürt. Sie hat gespürt, dass ich ihr helfen will. Wer sagt, dass Wale nichts spüren können? Aber selbst, wenn: Wie soll sie hierher gekommen sein? Ich kneife mich in die Innenseite meiner nackten Schenkel. Ein feiner Schmerz flammt unter der Haut auf. Das ist kein Traum. Ein Zwergwal liegt in meinem Wohnzimmer. Die Walin liegt in meinem Wohnzimmer. Wie ist sie hierhergekommen? Das Fenster ist verschlossen. Außerdem wäre es zu klein, obwohl es ein großes Doppelfenster ist. Das Fenster! Was für ein lächerlicher Gedanke! Ich wohne im dritten Stock. Soll sie geflogen sein?

Die Wohnungstür ist ebenfalls zu klein, größer als das Fenster, ja, aber immer noch zu klein. Die Höhe der Tür könnte ausreichen, aber die Walin ist zu breit. Außerdem hätte sie vorher durch das Treppenhaus gemusst. Das ist unmöglich. Selbst mein Sofa, ein Dreisitzer, hat kaum über die schmalen Treppen gepasst. Und überhaupt! Wie ist sie vom Ozeanarium hierhergekommen? Wohl kaum allein. Wohl kaum in der Straßenbahn. Absurd. Wer soll sie hergebracht haben? Wie? Und vor allem warum? Hier geschieht etwas, für das ich keine Erklärung finden kann. Meine Gedanken rasen.

Im Licht der Stehlampe blickt mich die Walin mit ihren dunklen Augen an. Da ist es wieder, das Gefühl von Trauer und Mitleid und der Wunsch, ihr zu helfen. Ich stehe auf und gehe zu ihr, lege vorsichtig meine Hand neben ihr Auge. *Ich kümmere mich um dich*, murmle ich. Die Worte hören sich an, als würde jemand anderes sie sagen. Die Walin ist hier in meinem Wohnzimmer. Es hat einen Grund. Es hat eine Bedeutung, ob ich sie verstehe oder nicht, ob es wahrscheinlich ist oder nicht. Die Walin ist da. Aber was kann ich tun? Wie soll ich ihr helfen? Hier kann sie nicht bleiben. Ein Wal kann in einem Wohnzimmer nicht überleben. Ich muss sie zurück ins Ozeanarium schaffen. Natürlich! Das Ozeanarium. Ich muss dort anrufen. Sie können mir auf jeden Fall sagen, ob die Walin verschwunden ist. Sie werden die technischen Gerätschaften haben, um die Walin zurück in ihr Becken zu bringen. Aufgeregt raffe ich den feuchten Bademantel zusammen. Er hat sich mit Wasser vollgesogen und ist schwer. Jetzt erst merke ich, wie kalt mir ist. Ich steige über die Schwanzflosse der Walin und schiebe mich an ihrer Flanke entlang ins Schlafzimmer. Da liegt mein Telefon. Ohne die Nummer nachschlagen zu müssen, tippe ich sie ein. Eine Frauenstimme begrüßt mich. *Guten Tag. Spreche ich mit dem Ozeanarium? Ja, danke. Können Sie mir eine Frage beantworten? Es geht um eines ihrer Tiere. Ich wollte nur wissen, ob Sie ein Tier vermissen? Das ist alles so seltsam. Ich spreche über den Zwergwal, entschuldigen Sie, die Zwergwalin. Zwergwalin klingt schöner als Walkuh, verstehen Sie? Also, vermissen Sie die Zwergwalin? Die Frage muss absurd klingen. Aber ich meine sie ganz ernst. Nein, ich erlaube mir keinen Scherz. Also, vermissen Sie die Walin? Nein, hier ist nicht das Frühstücksradio. Nichts für ungut, ich wollte nur wissen, ob Sie die Walin vermissen. Sie haben Recht, wie sollte so ein großes Tier einfach über Nacht verschwinden? Vielen Dank für Ihre Auskunft. Auf Wiederhören.* Was für eine dumme Idee, denke ich. Vermissen Sie einen Wal? Man nennt sie eigentlich Walkuh, aber ich nenne sie Walin. Was habe ich mir dabei gedacht? Aber was soll ich denn sonst sagen? Hier liegt nun mal ein Wal in meinem Wohnzimmer, der mit ziemlicher Sicherheit die Walin aus dem Ozeanarium ist. Wäre die Frau nur hier gewesen! Könnte sie die Walin nur sehen! Aber einen Vorwurf kann ich ihr nicht machen. Wahrscheinlich hätte ich mich an ihrer Stelle auch für verrückt gehalten.

Als ich aus dem Schlafzimmer komme, fällt mir auf, dass die Haut am Rücken der Walin ihren Glanz verloren hat. Sie wirkt matt und spröde. Sie ist trocken. Ich muss ihre Haut ständig feucht halten. Also gehe ich in die Küche und hole einen Eimer mit kühlem Leitungswasser. Vor dem Maul der Walin stelle ich ihn ab und tauche das Handtuch hinein. Ich nehme den triefenden Stoff heraus und fahre ihr damit über die Lippen. Seltsam, denke ich, so ein riesiges Tier und ich habe überhaupt keine Angst. Ruhig und schön und still liegt die Walin da und lässt sich von mir abreiben. Wie soll ich da Angst vor ihr bekommen? Ich lasse das Handtuch in den Eimer gleiten und berühre mit meinen nassen Händen ihre Lippen. Langsam lasse ich meine Finger über ihre kühle dunkle Haut gleiten und fühle mich ihr in diesem Moment so nah, dass sich das nervöse Flimmern in meinem Bauch in ein warmes Lodern verwandelt. Ich sehe, dass meine Finger zittern und frage mich, wann ich das letzte Mal so gefühlt habe. *Du bist es*, murmle ich, *und ich habe versprochen, dich zu retten*. Aber wie habe ich mir das gedacht? Wie hast du dir das gedacht? *Du hast dir einen armseligen Retter ausgesucht, Walin. Du hast dir einen denkbar ungünstigen Platz ausgesucht. Wenn du schon an einem x-beliebigen Ort auftauchen kannst, warum dann nicht im Meer? Warum musste es meine Zweizimmerwohnung sein? Ich weiß nicht, was ich tun soll. Hilf mir!* Meine Hände rutschen von den Lippen der Walin und hängen kraftlos herunter. *Du stummer,*

stummer Fisch. Warum kommst du her, wenn du nicht sprechen kannst?

Bewegungslos stehe ich vor dem dunklen Koloss in meinem Wohnzimmer. Meine Beine sind schwer und meine Gedanken treiben zäh dahin. Sie wälzen sich um ein Wort: Walin. Ich fühle das erste Mal an diesem Tag, dass ich erschöpft bin.

Ich kann das nicht. Ich kann das nicht allein. Ich brauche Hilfe. Aber sicher. Hilfe. Die Polizei. Ich muss die Polizei anrufen. Aber ich darf nicht den gleichen Fehler machen wie beim Ozeanarium. Ich muss einen klaren, sortierten Eindruck machen. Sie dürfen nicht denken, dass ich irgendein Spinner bin oder vom Frühstücksradio. Ich muss sie davon überzeugen, jemanden herzuschicken, der der Walin helfen kann, der sie wenigstens mit eigenen Augen sieht. Ich stürze ins Schlafzimmer und nehme das Telefon. *Ja, guten Tag. Entschuldigen Sie, was ich jetzt sage, klingt vielleicht etwas absurd. Nein, nicht vielleicht. Es klingt absurd. Ja, Sie hören oft absurde Sachen? Aber, was ich Ihnen sage, klingt wirklich sehr absurd. Aber ich meine es ernst. Ich brauche wirklich Ihre Hilfe. Ja, natürlich, ich sage Ihnen, was so absurd ist. Ich erzähle nur so viel vorneweg, weil ich gerade schon im Ozeanarium angerufen habe und dort wollte man mir nicht helfen. Nein, ich rufe natürlich nicht immer im Ozeanarium an, wenn ich Hilfe brauche. Aber in diesem Fall war es das Nächstliegende. Ja, mein Anliegen. Also, es klingt etwas absurd, aber in meinem Wohnzimmer liegt ein circa sieben Meter langer*

Zwergwal. Nein, ich weiß nicht, wie er in mein Wohnzimmer gekommen ist. Als ich heute Morgen ins Wohnzimmer kam, war er einfach da. Ich sagte ja, das klingt absurd, aber können Sie nicht jemanden herschicken, der sich davon überzeugt, dass dieser Wal wirklich da ist? Natürlich ist es möglich, dass ich verrückt bin, Sie haben vollkommen Recht. Aber stellen Sie sich vor, ich bin es nicht und hier bei mir liegt wirklich ein Wal. Der kann hier in meinem Wohnzimmer unmöglich überleben. Der muss in ein Ozeanarium oder ins Meer, ganz egal. Aber ich kann das nicht alleine. Es kostet Sie doch kaum etwas, wenn Sie eine Streife vorbeischicken, bitte. Ich brauche Hilfe. Ja? Danke sehr. Vielen Dank. Meine Adresse? Natürlich. Ja. Vielen Dank. Auf Wiederhören. Hast du das gehört?, frage ich die Walin. *Es kommt jemand. Es kommt jemand von der Polizei. Der wird sehen, dass du hier bist, dass ich nicht verrückt bin. Und dann werden viele Menschen kommen, die dir helfen. Wir werden einen Platz für dich finden. Einen Platz, an dem es dir gut geht.* Ausdruckslos schauen mich die Augen der Walin an. Ich habe das Gefühl, dass ihr Augenlid schon wieder etwas tiefer hängt, aber ich kann mich auch täuschen. Erleichtert über das gut verlaufene Telefonat nehme ich den Eimer und beginne damit, die Walin behutsam mit Wasser zu übergießen.

Es klingelt. Endlich, denke ich, die Polizei. Ich stelle den Eimer ab und will zur Tür gehen. Da erstarre ich. Wie konnte ich etwas so Offensichtliches nicht sehen? Die Tür ist unerreichbar. Die Walin liegt davor. Sie liegt direkt vor der Wohnungstür. Ich komme nicht mal an den Summer. Eine Sekunde brauche ich, dann stürze ich ans Fenster, reiße die Decke herunter, das Licht blendet stark und ich kneife meine Augen zusammen. Dann ziehe ich die Gardinen auf und öffne das Fenster. *Können Sie bitte bei Blumenthal klingeln, mein Summer ist kaputt*, rufe ich zu dem Polizisten herunter, der etwas verwirrt nach oben schaut. *Herr Blumenthal lässt Sie rein.* Der Polizist sucht die Namensschilder ab und klingelt nochmal. Leise höre ich unter mir das Schnarren der Klingel. Kurz darauf verschwindet der Polizist im Hauseingang. Ich schließe das Fenster und ziehe die Vorhänge zu, um die Intensität des Sonnenlichts wenigstens etwas abzudämpfen. Was soll ich jetzt tun? Wie soll der Polizist hereinkommen? Er muss die Walin sehen. Er muss sie mit eigenen Augen sehen. Ich springe zur Walin und schaue, ob sich die Tür nicht mit etwas Glück vielleicht doch einen Spalt öffnen lässt. Nein, die rechte Flanke der Walin liegt direkt an der Wand, also auch an der Tür. Sie wird sich nicht einen Zentimeter öffnen lassen. Verzweifelt klettere ich über die Schwanzflosse der Walin und quetsche mich da, wo es noch geht, zwischen sie und die Wand. Ich stemme meine Schulter gegen ihre Flanke und schiebe. Meine ganze Kraft bringe ich auf, aber es ist, als würde ich mit meinen Händen einen Berg versetzen wollen. Sechs Tonnen wird die Walin wiegen, schätze ich. Was habe ich mir gedacht? Gar nichts habe ich mir gedacht. Die ganze Zeit schon denke ich gar nichts. Dass die Walin vor der

Tür liegt, hätte mir auffallen sollen, bevor ich die Polizei angerufen habe. Was soll denn jetzt geschehen? Leise höre ich, wie schwere Stiefel die Treppen heraufkommen. Ich klettere zurück über die Schwanzflosse der Walin und knie mich vor ihr Auge. *Walin*, sage ich, *bitte. Du musst dich bewegen. Nur ein kleines Stück. Ich will die Tür öffnen. Der Polizist muss dich sehen. Dafür müssen wir die Tür öffnen, sonst kann ich dich nicht retten. Bitte, bitte beweg dich, Walin.* Ich starre in das dunkle Auge, aber nichts passiert. Dann schließt sich langsam ihr Lid und wippt wieder nach oben. Kurz durchflutet mich Freude. Die Walin hat mich verstanden. Aber es passiert nichts. Regungslos bleibt der dunkle Koloss liegen, das Auge auf mich gerichtet. Es klopft. *Hier ist die Polizei. Sie haben uns angerufen. Können Sie mich hereinlassen?*

Bitte, sage ich leise, *bitte, liebe Walin, rutsch ein Stück. Ich bin zu schwach.*

Lassen Sie mich bitte herein, sagt die Stimme des Polizisten etwas ernster.

Einen Moment bitte, antworte ich. *Es gibt ein Problem.*

Deswegen bin ich doch hier, sagt der Polizist schnippisch.

Das ist sehr nett, sage ich, *wirklich. Ich bin Ihnen sehr dankbar. Aber ich kann Sie im Moment nicht hereinlassen. Die Tür geht nicht auf.*

Warum nicht?, fragt der Polizist. *Ich hatte Ihrem Kollegen doch schon am Telefon gesagt, dass ein Wal in meiner Wohnung liegt. Wissen Sie, er liegt genau vor der Tür. Ich kann die Tür nicht öffnen. Sie ist blockiert. Ich würde Sie liebend gern hereinlassen, aber es geht einfach nicht. Entschuldigen Sie, das mit der Tür habe ich erst jetzt bemerkt. Ich fühle mich selbst wie ein Idiot.*

Der Polizist schweigt und ich höre meinen kurzen flachen Atem. *So*, sagt der Polizist. *Sie haben es erst bemerkt. Und jetzt?*

Sehen Sie, sage ich, um Ruhe in der Stimme bemüht, *die Walin ist seit heute Morgen hier. Ihre Haut trocknet aus. Ich muss sie feucht halten. Wenn Sie herunter zu ihren Füßen schauen, sollten Sie etwas Wasser sehen, nicht wahr? Es läuft bestimmt Wasser unter der Tür hindurch. Reicht Ihnen das vorerst als Beweis dafür, dass der Wal hier ist?*

Der Polizist schweigt.

Ich bin hier ganz allein mit der Walin, sage ich. *Wir brauchen Hilfe. Wenn uns keiner hilft, dann stirbt sie.* Bei diesem Satz merke ich, wie meine Augen zu brennen beginnen. *Vielleicht könnten Sie die Feuerwehr verständigen. Man müsste die Tür und ein Stück der Wand herausbrechen, um die Walin hier herauszuholen. Ich sage die Wahrheit.*

Der Polizist schweigt immer noch.

Sind Sie noch da? frage ich vorsichtig.

So, so, sagt der Polizist und beginnt stoßweise zu lachen. *Was für eine Geschichte. Und gut haben Sie die gespielt. Schauspieler, was? Eins muss man Ihnen lassen, Fantasie haben Sie und Chuzpe. Ich gehe jetzt. Die Kollegen von der Feuerwehr haben wirklich Wichtigeres zu tun, als sich auch noch Ihre Geschichte vom Wal anzuhören. Wischen Sie Ihre Wohnung auf und kommen Sie nicht noch mal auf den Gedanken, die Polizei mit so einer lächerlichen Geschichte zu belästigen. Ein Wal. Und ich bin auch noch hergekommen. Aber eins muss man Ihnen lassen, Sie haben Fantasie und Talent. Aber machen Sie das in Zukunft nur noch auf der Bühne. Schönen Tag!*

Ich bringe kein Wort mehr hervor. Langsam verhallen die Schritte der schweren Polizeistiefel im Treppenhaus und mit ihnen meine Hoffnung, der Walin zu helfen. Ich lehne mich an meine dunkle Freundin und spüre, wie sich meine Knie beugen und ich langsam zu Boden rutsche. Den Rücken an die Walin gelehnt, schaue ich aus dem Fenster. Die Sonne scheint hell und warm. Ich schließe die Augen und rieche das Meer.

Ich schlage die Augen auf und sehe, dass es dunkel im Zimmer ist. Die Nacht hat sich schon durch die geschlossenen Vorhänge ins Zimmer geschlichen. Wie lange habe ich geschlafen? Mein Nacken ist steif und meine Schenkel kalt. Kein Wunder. Ich sitze im Wasser. Die kleinen Pfützen haben sich zu einer flachen, aber geschlossenen Wasseroberfläche vereinigt, die vom Schlafzimmer über den Wohnzimmerteppich bis auf die Küchenfliesen reicht. Ich rapple mich auf und gehe zum Fenster. Aus meinem Bademantel tropft bei jedem Schritt das Wasser. Über den Dächern glüht das letzte Violett des Abends und in den Fenstern der umliegenden Häuser flimmern schon die Fernseher. Ich muss ungefähr fünf Stunden geschlafen haben. Komisch, tagsüber schlafe ich sonst nie. Plötzlich reißt mich das schnaubende Blasloch der Walin aus den Gedanken und ich fahre herum. Da liegt sie, meine dunkle Freundin. Ihre Konturen zeichnen sich fast schwarz in der Dunkelheit vor den grauen Wänden ab. Sie ist kein Traum. Sie ist hier – nach wie vor.

Mein Blick fällt auf die Umrisse der Stehlampe. Hatte ich sie nicht angemacht? Vorsichtig taste ich mich am Sofa vorbei und suche den Schalter. Er liegt im Wasser. Ich tippe mit dem Fuß darauf. Es klickt, einmal, zweimal, aber nichts passiert. Wahrscheinlich ein Kurzschluss. Ich gehe ins Schlafzimmer und hole meine Nachttischlampe, stelle sie auf das Fensterbrett und achte beim Einstecken des Kabels darauf, dass es nicht im Wasser hängt. Die Lampe funktioniert und ihr gelbes Licht schwemmt in den Raum. Die Walin sieht anders aus. Ich weiß nicht warum, aber etwas hat sich verändert. Ich mache ein paar zögerliche Schritte auf sie zu. Da ist wieder das Flimmern in meinem Bauch. Nein, kein Flimmern, ein Stechen. Es fühlt sich an, als hätte ich etwas getan, als wäre ich an etwas schuld. Aber was? Das Licht der Lampe ist schwach, also beuge ich mich vor das Auge der Walin. Ihr Lid hängt jetzt deutlich herab und ihr Auge ist trüb. Ich hatte mich also nicht getäuscht. Was hat das zu bedeuten? Ich lege meine Hand auf ihre Lippen und jetzt erst merke ich, was mir klar sein müsste: Ihre Haut ist trocken. Das Fenster. Die Decke. Der Polizist. Ich habe die Decke nicht wieder aufgehängt. Die Haut der Walin ist so trocken, dass sich bereits kleine Risse gebildet haben. Wie konnte ich nur so lange schlafen? Wie konnte ich die Sonne vergessen? Schnell richte ich mich auf und taste die Walin ab. Die feinen Risse ziehen sich über das ganze Maul, den ganzen Kopf. Auch ihre Flanke und ihr Rücken sind trocken. Die Haut der Walin ist rau und brüchig. Warum habe ich nur so lange geschlafen? *Es tut mir leid, Walin*, stammle ich. *Es tut mir leid.*

Hektisch stürze ich in die Küche und stelle den Eimer in die Spüle. Ich drehe den Hahn auf und sehe zu, wie das Wasser langsam in den Eimer plätschert. Langsam. Viel zu langsam. Ich reiße den Eimer aus dem Becken, verschütte dabei die Hälfte und haste ins Bad. Die Dusche. Das ist besser. Rauschend füllt er sich. Als er voll ist, laufe ich mit schlenkerndem Eimer zurück ins Wohnzimmer.

Das Wasser schwappt auf den Teppich. Ohne viel zu überlegen, schütte ich in weitem Bogen das Wasser direkt über die Walin. Kopf, Flanke, Rücken, Schwanzflosse. Wo das Wasser trifft, ist jetzt egal. Nur Wasser. Die Walin braucht Wasser. Ich renne ins Bad. Das Wasser rauscht aus der Brause. Ich renne zur Walin. Ich überschütte sie. Ich renne zurück. Mein Wohnzimmerteppich schmatzt nicht mehr, das Wasser spritzt bei jedem meiner Schritte. Fünfmal laufe ich. Sechsmal. Siebenmal. Achtmal. Mein Rücken tut weh. Ich kann den Eimer beim Befüllen nicht mehr festhalten. Ich muss ihn in die Duschtasse stellen. Hör jetzt nicht auf, ermahne ich mich. Du hast genug geschlafen. Du hast die Walin vernachlässigt.

Als ich ungefähr zwanzig Eimer über die Walin gegossen habe, brennen meine Arme und ich stehe krumm, weil mein Rücken schmerzt. Erschöpft und außer Atem lasse ich mich auf das Sofa fallen. Nur kurz ausruhen. Das Sofa ist noch nasser als zuvor. Das spielt aber keine Rolle, denn mein Bademantel ist sowieso schon klitschnass. Ich schäle mich aus dem triefenden Frotteestoff, knülle ihn zusammen und packe ihn neben mich. Es platscht leise.

Das Wasser auf dem Fußboden kommt zur Ruhe. Ein schimmernder Film, unter dem das rote Teppichmuster flimmert. Ein flacher See, in dem die Walin liegt. Ihre Haut sieht besser aus, sage ich mir. Sie glänzt wieder. Sogar die gelbe Nachttischlampe reflektiert auf der grauen, nassen Oberfläche. *Das ging nochmal gut, Walin*, murmle ich und merke, dass ich mich an diesen Satz kralle, wie ein Ertrinkender an ein Stück Holz. *Es muss noch einmal gutgegangen sein. Ich darf nicht noch mal so lange schlafen, Walin. Wir zwei sind jetzt allein. Ich bin für dich verantwortlich.*

Während ich vor mich hinbrabble, merke ich, dass ich dem Auge der Walin ausweiche, das mich unentwegt anschaut. Das Lid ist halb geschlossen und die Iris trüb. Sehr lange lag die Walin auf dem Trockenen. Zu lange. *Das darf nicht wieder passieren*, murmle ich. Das Stechen in meinem Bauch lodert nach wie vor. Schuld, denke ich. Du bist schuld.

Auf einmal knurrt unüberhörbar mein Magen. Ich habe seit gestern Abend nichts gegessen. Schon mehr als vierundzwanzig Stunden. Ich habe das Essen einfach vergessen. Das erklärt meine Erschöpfung, resümiere ich. Auf eine seltsame Art und Weise stimmt mich dieser Gedanke fröhlich. Er ist so einfach, so klar. Ich bin erschöpft, ich habe Hunger, ich muss essen. Die Walin ist versorgt, warum also nicht? Etwas steif, aber vom Hunger angetrieben, stehe ich auf und gehe in die Küche. Aus dem Kühlschrank hole ich ein Glas mit Bockwürsten, ein Glas mit sauren Gurken und Senf. Kein Festmahl, denke ich, trotzdem läuft mir schon das Wasser im Mund zusammen. Die Deckel knacken beim Öffnen und der angenehm saure Geruch von Essig und Gewürzen steigt mir in die Nase. Ich fische eine Bockwurst aus dem Glas, tunke sie tief in den Senf und beiße herzhaft ab. Kauend lehne ich am Küchenschrank und merke, wie sich langsam meine Muskeln entspannen, wie sich ein Wohlgefühl in meinem Körper ausbreitet. Da fällt mein Blick aus der offenen Küche auf die Walin. Die Wurst fällt mir aus der Hand und platscht auf die nassen Fliesen. Ich schäme mich. Die Walin muss doch Hunger haben. Wer weiß, wie lange sie schon nichts gefressen hat. *Nennst du das etwa Verantwortung übernehmen?*, frage ich mich. *Wie es der Walin geht, scheint dich ja kaum zu kümmern!* Schnell und fast geräuschlos schraube ich die Gläser zu, drücke den Deckel auf den Senfbecher und stelle alles zurück in den Kühlschrank. Ich kann auch später noch essen.

Zwergwale ernähren sich von kleinen Schwarmfischen, schießt es mir durch den Kopf. Heringe. Sardinen. Ich öffne den Küchenschrank. Neben Linsensuppe, Mais und passierten Tomaten stehen ein paar Fischkonserven. Thunfisch in Sonnenblumenöl und Sardinen mit Chili. Ich bezweifle, dass der Walin diese Art von Fischzubereitung bekommt. Außerdem, ich schaue zur Walin herüber, sind diese zwei mickrigen Dosen wohl kaum genug Futter für einen ausgewachsenen Wal. *Walin*, flüstere ich und reibe meine Fingerspitzen aneinander, *sag mir, womit ich dich füttern soll. Sag mir bitte, was du brauchst.* Steif stehe ich in der Küche, Schuld und Hunger streiten in meinem Bauch und mein Blick ruht auf der Walin. Sie bewegt sich nicht. Ich habe das Gefühl, dass sie im nächsten Moment ihr Maul öffnen und mir sagen könnte, was ich ihr geben kann, aber ihr Maul bleibt geschlossen. Stumm und reglos liegt sie da.

Ich lasse die Dosen im Küchenschrank und gehe hinüber zur Walin. Vorsichtig streichle ich sie über dem Auge. Es sieht nicht mehr so trübe aus, denke ich. Das Wasser muss geholfen haben. *Also, Walin*, sage ich. *Wir brauchen frischen Fisch. Wir brauchen eine ganze Menge frischen Fisch. Ich komme aber nicht aus der Wohnung, um welchen zu holen. Der Fisch muss schon zu uns kommen.* Bei diesem Satz muss ich fast lachen. *Der Fisch muss zu uns kommen. Das sollte in Anbetracht der Tatsache, dass auch Wale zu mir kommen, zumindest denkbar sein. Aber wie soll der Fisch zu uns kommen? Schwimmen kann er nicht. Da fehlt das Wasser. Laufen kann er auch nicht. Da fehlen ihm die Beine. Er kommt also garantiert nicht allein. Der Fisch wird gebracht.* Soweit war ich am Morgen auch schon mal, denke ich und schaue die Walin an. Während ich sie immer noch streichle, merke ich, wie mein Blick auf dem Kühlschrank ruht. Ich habe immer noch Hunger, denke ich, und erinnere mich an den Geschmack von Bockwurst und Senf. Aber nein. Deshalb schaue ich nicht zum Kühlschrank. Eigentlich schaue ich auch gar nicht zum Kühlschrank, nur in seine Richtung. Ich schaue auf ein paar Fetzen Papier, die mit Magneten an der Kühlschranktür befestigt sind und ganz besonders auf einen: Sushi Lieferservice. Mir entfährt ein spitzes *HA!* und ich küsse die Walin auf die Stirn. Überglücklich von meiner Eingebung gehe ich zum Kühlschrank und nehme den Flyer ab. *Frisches Sushi*, lese ich. Täglich bestellen von elf bis dreiundzwanzig Uhr. Dreiundzwanzig

Uhr. Meine Brust wird eng und ich schaue panisch zur Küchenuhr. Zweiundzwanzig Uhr fünfunddreißig. Wir haben noch etwas Zeit, denke ich und spüre, wie mein Atem flach und hektisch wird. *Ich muss das richtig anstellen*, murmle ich und beginne auf- und abzulaufen. Meine nackten Füße patschen über die nassen Fliesen. Der Lieferdienst kann nicht durch die Tür. Es bleibt also nur das Fenster. Ja, der Fisch muss durch das Fenster. Dazu brauche ich eine Art Vorrichtung. Einen Korb. Mein Blick mäandert durch die Küche und bleibt am Altpapier kleben. Die schon aufgeweichten Zeitungen liegen in einem blauen Plastikkorb. Perfekt. Das Bild in meinem Kopf nimmt Gestalt an. Ich ziehe die Kramschublade auf und schiebe Glühbirnen, Schraubenzieher, Teelichter und Gummis beiseite. Da ist sie. Eine Rolle mit kräftiger Schnur. Die Küchenuhr sagt zweiundzwanzig Uhr einundvierzig. Das Wasser spritzt, als ich ins Schlafzimmer laufe, um das Telefon zu holen.

Guten Tag. Ich möchte gern etwas bestellen. Haben Sie Hering oder Sardinen? Hering? Ach, das ist ja wunderbar. Ich würde gerne so viel Hering bestellen, wie möglich. Welches Gericht? Nein, Sie verstehen mich falsch. Ich möchte kein Gericht. Ich würde gern einfach nur Hering bestellen. Ja, das stimmt, das ist etwas ungewöhnlich. Aber es geht doch, oder? Sehr schön. Also, wie viel Fisch könnte ich bekommen? Können Sie mir zehn Kilo Hering liefern? Wozu ich zehn Kilo Hering brauche? Na, hören Sie mal, fragen Sie alle ihre Kunden, warum Sie welches Essen bei Ihnen bestellen? Ach so, nur die, die nachts kurz vor Lieferschluss zehn Kilo Hering wollen. Natürlich. Ich habe meine Gründe und würde die lieber für mich behalten. Dankeschön. Fünf Kilo, sagen Sie, das ist das Maximum? Gut. Dann fünf Kilo. Kann ich das mit Karte zahlen? Ja, hervorragend. Wie ich den Fisch will? Nein, nicht gebraten oder gekocht, roh natürlich. Wie ich Ihnen schon sagte, ich würde es bevorzugen, nicht über die Gründe meiner Bestellung zu sprechen. Vielen Dank. Eine halbe Stunde? Ja, so lange kann ich warten. Ach, und noch eine Sache. Ich würde Ihnen einen Korb aus dem Fenster herunterlassen. Die Tür ist kaputt. Legen Sie den Fisch bitte einfach in den Korb. Ob ich Sie verarschen will? Nein, das ist mein voller Ernst. Glauben Sie mir einfach, Sie würden mich ohnehin für verrückt halten, wenn ich Ihnen erzähle, warum ich das alles mache. Sie sind gespannt? Bei mir in der Wohnung liegt ein circa sechs Tonnen schwerer Zwergwal, der gefüttert werden möchte. Ich habe Ihnen doch gesagt, dass Sie mir nicht glauben werden. Nein, mir geht es gut, danke. Ja, Ihnen auch einen schönen Abend.

Hast du das gehört, Walin?, frage ich erleichtert und gehe zu ihr. *Du bekommst Fisch. Endlich klappt etwas. Diesmal habe ich es richtig gemacht, oder?* Ich gebe der Walin einen überschwänglichen Kuss auf die Lippen und lasse mich aufs Sofa fallen. Es stört mich nicht, dass die Walin mir nicht antwortet. Sie ist hier. Sie schaut mich an. Sie schnaubt Luft aus ihrem Blasloch. Ich werde ihre Sprache schon lernen. Wer sagt denn, dass man nur kommunizieren kann, wenn man die gleiche Sprache spricht? Selig über unseren Erfolg schaue ich die Walin an und spüre, wie das Stechen in meinem Bauch verschwindet. Stattdessen ist da eine helle, sprudelnde Quelle, die mir vage bekannt vorkommt. Aus den hintersten Winkeln meines Kopfes spült sie Bilder von Sommer und Schwimmbad herauf. Da ist der Geruch von Sonnencreme und Schweiß, der Geschmack von Softeis, fettigen Pommes mit Majo und Cola. Da ist die Sonne, die die Haut erhitzt, das kurze Gras, das im Liegen am Rükken kitzelt, und das kalte, hellblaue Wasser, das kribbelt, wenn man hineinspringt. Unter Wasser brennt das Chlor in den Augen. Aber man gewöhnt sich daran. Ich habe die Augen schon so oft unter Wasser geöffnet. Ich kann das. Ich öffne sie und da bist du, Walin. Du schwimmst auf mich zu, an mir vorbei. Deine Augen leuchten und ich kann mich darin sehen. Leicht und schwerelos gleite ich mit dir durch das hellblaue Wasser.

Es klingelt und ich schrecke hoch. Der Lieferservice. Benommen gehe ich zum Fenster, ziehe die Vorhänge auf und öffne es. *Einen Moment bitte*, rufe ich zu einem Mann herunter, der neben einem kleinen Roller steht. Er schaut nur hoch und zuckt mit den Schultern. Dann zieht er etwas aus der Tasche und kurz darauf erleuchtet das Display eines Handys. Ich gehe zurück in die Küche. Warum habe ich den Korb nicht schon vorbereitet, fluche ich innerlich. Hastig schütte ich den Korb mit dem Altpapier aus. Sofort saugen sich die noch trockenen

Tageszeitungen und aufgerissenen Briefumschläge mit Wasser voll. Ich wickle zwölf Armlängen von der Schnur ab und will sie an den Korb knoten. Das ist zu dünn, denke ich. Die Schnur hält das Gewicht nicht. Draußen hupt es. Ich renne zum Fenster und strecke meinen Kopf hinaus. Es ist der Fahrer. Er schaut fragend zu mir nach oben. *Noch einen Moment bitte*, rufe ich. Der Fahrer lässt seinen Kopf hängen und beginnt wieder auf sein Handy zu starren. In der Küche wickle ich noch zweimal zwölf Armlängen von der Schnur ab und knote alle drei Schnüre an den Korb. Das sollte genügen.

Hallo, rufe ich durch das Fenster. Der Fahrer schaut auf und ich deute auf den Korb. Wieder zuckt er mit den Schultern, nickt mir aber zu. Er hat also verstanden, was ich meine. Ich lasse den Korb mit meiner Kreditkarte an der Hauswand herunter, während der Fahrer eine schwarze Styroporbox von seinem Roller nimmt. Er stellt sie da ab, wo mein Korb landet und beginnt ein paar silberne kleine Päckchen von einem Behältnis ins andere zu sortieren. Als er fertig ist, schiebt er die Kreditkarte in sein Lesegerät. Hoffentlich klappt das jetzt, denke ich. Dann schaut der Fahrer hoch, grinst und zeigt mir seinen nach oben gestreckten Daumen. Na also. Er legt die Kreditkarte zu den silbernen Päckchen, winkt nach oben und rauscht dann mit seinem Roller ab.

Der Korb schlenkert gefährlich, als ich ihn nach oben ziehe. Er schlägt mehrmals gegen die Hauswand und ich habe Angst, der ganze Inhalt könnte herausfallen. Wie sollte ich dann an den Fisch kommen? So vorsichtig, wie ich kann, ziehe ich den Fünf-Kilo-Korb nach oben und hole ihn tatsächlich, ohne ein Päckchen zu verlieren, durch das Fenster. Aber dann stellt sich sofort Enttäuschung ein. Die silbernen Alupäckchen sind steinhart und eiskalt. Der Fisch ist nicht frisch, sondern gefroren.

Walin, sage ich und schaue sie dabei an, *frisch ist der Fisch leider nicht. Es tut mir leid.* Das halb geschlossene Auge der Walin sieht mich an. Sie ist müde, denke ich. Kein Wunder. Aber da ist noch etwas anderes, etwas in ihrem Auge, das sich hart anfühlt. Etwas, das meinen Blick zu Boden zwingt. Ich habe das Gefühl, dass die Walin mich verachtet. *Ich*, sage ich leise, *werde den Fisch auftauen. Er ist ja nur gefroren, nicht schlecht. Und es ist doch besser als gar nichts. Es ist auch nur für den Moment. In den nächsten Tagen werden wir frischen Fisch auftreiben.* Meine dunkle Freundin schweigt. Keine Regung. Kein Zucken im Augenlid. Kein schnaubendes Blasloch. Sie muss mich hassen, denke ich.

Ich schleiche in die Küche und stelle den Korb auf dem Tisch ab. Aus dem Schrank hole ich eine gläserne Auflaufform, dann setze ich mich an den Tisch. Mir ist kalt und ich bin müde. Kurz denke ich darüber nach, mir etwas anzuziehen, ermahne mich aber, erst die Walin zu füttern. Die Alufolie klebt an den gefrorenen Heringen und lässt sich nur in schmalen Streifen von der Fischhaut abziehen. Nach fünfzehn Minuten ist die Auflaufform voll und ich stelle sie in die Mikrowelle. Auftaustufe.

Zehn Minuten. Das Gerät beginnt zu summen und im gelben Licht drehen sich die Heringe im Kreis. Mir fällt die Decke ein. Ich muss sie wieder vor das Fenster hängen. Morgen darf die Sonne der Walin nicht nochmal so zusetzen. Im Wohnzimmer klettere ich auf die Fensterbank und werfe den weichen orangen Stoff über die Gardinenstange. Ich ziehe so lange an den Ecken, bis das Fenster wieder ganz verdeckt ist.

In der Küche endet der monotone Tanz der Heringe mit einem Pling. Die gerade noch steifen Eisfische hängen schlaff in der Auflaufform. Ich nehme sie aus der Mikrowelle und trage sie ins Wohnzimmer. *Ich habe etwas zu essen für dich, Walin*, sage ich und schaue mit Scham auf die mickrigen und unappetitlich aussehenden Heringe. *Es ist ja besser als nichts. Und ich verspreche, dass ich morgen etwas Besseres besorgen werde. Nimm es mir bitte nicht übel, Walin.* Vorsichtig packe ich einen der Heringe am Schwanz und lege ihn der Walin auf die Lippen. Da liegt er und nichts passiert. *Du kannst fressen, Walin*, sage ich. *Ich weiß, dass es nicht sonderlich gut ist, aber du musst doch Hunger haben.*

Das Maul der Walin verharrt in Regungslosigkeit. Vielleicht kann sie sich nicht bewegen, denke ich. Natürlich. Sie ist sich selbst zu schwer. Sie ist ja nicht im Wasser, das ihr Gewicht trägt. Ich muss ihr helfen, denke ich, und schiebe den Hering zwischen ihre Lippen bis nur noch der Schwanz herausschaut. Die Walin regt sich nicht und ich werde nervös. Was, wenn sie nicht frisst? Kurzentschlossen öffne ich mit einer Hand die Lippen der Walin, mit der anderen greife ich nach dem Hering, schiebe den Fisch in ihr Maul und lasse ihn dort fallen. Nichts passiert. Keine Bewegung, kein Geräusch, nichts. Sie schluckt nicht, denke ich. Starr stehe ich vor der Walin. Sie liegt da und tut nichts. Als meine Augen anfangen zu brennen, greife ich mit beiden Händen fest in die Oberlippe der Walin und ziehe mit aller Kraft ihren Kiefer nach oben. Er öffnet sich vielleicht zwanzig Zentimeter. Ich stemme meine linke Schulter unter den Oberkiefer, mit der rechten Hand greife ich die Schale und schütte alle Heringe in ihr Maul. Dann ziehe ich meine Schulter weg und ihr Kiefer klappt herunter. Aus dem Bad hole ich einen vollen Eimer Wasser. Noch einmal zerre ich an ihrer Lippe. *Du musst fressen, Walin*, rufe ich angestrengt und schütte den vollen Wassereimer in ihr Maul. Ein Eimer wird nicht reichen, denke ich. Ich brauche mehr Wasser. Das Wasser soll das Futter in ihren Bauch spülen. Also noch einen Eimer und noch einen. Als ich den vierten Wassereimer ins Maul der Walin schütte, sinkt ihr Kiefer nach unten und öffnet sich. Ein kleiner klarer Bach mit toten Heringen läuft über ihre Lippen und ergießt sich in den Wohnzimmersee. Zu meinen Füßen liegt ein silbergrauer Hering, nur halb im Wasser, mit einem trüben Auge, das an mir vorbeischaut.

Abwesend fische ich die Heringe aus dem flachen Wasser und lege sie zurück in die Schale. Dort stapeln sich die toten Fische übereinander. Ein Haufen blasser Schuppen und trüber Augen, die ins Leere starren. Ich schlurfe in die Küche und stelle meinen Fehlversuch in den Kühlschrank. Es muss mir etwas Besseres einfallen, um die Walin zu füttern. Kraftlos schließe ich die Kühlschranktür und setze mich an den Tisch. In meinem Kopf zirkuliert ein dunkles Rauschen.

Draußen ist es bereits stockfinster. Nur die Nachttischlampe wirft vom Fensterbrett einen schwachen gelben Schimmer in die feuchte Wohnung. Wie spät ist es? Ich habe kein Zeitgefühl mehr, aber wahrscheinlich sollte ich etwas schlafen. Meine Augen fallen zu. Mir ist kalt und ich fühle mich ausgelaugt. Wenn ich der Walin helfen will, brauche ich meine Kräfte. Ich muss ja nicht lange schlafen. Nur drei oder vier Stunden. Mehr nicht. Müde stehe ich auf und suche den Wassereimer. Er steht im flachen Wasser neben der Walin. Im Bad befülle ich ihn und schleppe den Eimer ins Wohnzimmer. Das Metall des Henkels schneidet in meine Hand und das Gewicht schmerzt in meinem Arm. Erschöpft und langsam gieße ich das Wasser über Kopf und Rücken der Walin, sodass an ihrem Körper winzige Rinnsale hinunterlaufen. Für den Augenblick sollte es reichen.

Gute Nacht, Walin. Ich muss ein bisschen schlafen. Ich bin sehr müde. Das verstehst du doch? Es wird nicht lange sein. Keine Angst. Ich kümmere mich um dich. Vielleicht kannst du auch ein paar Stunden schlafen. Es wird dir nach der ganzen Anstrengung sicher gut tun. Ich stelle den Eimer auf dem Teppich ab und sehe mich um. Ich habe meine Wohnung unter Wasser gesetzt. Das Wasser kriecht in die Tapeten. Das Holz der Regale wird aufquellen. Früher oder später wird es ins Mauerwerk sikkern. Aber das ist jetzt egal. *Schlaf gut, Walin,* sage ich noch einmal und gebe ihr einen Kuss über das Auge. Sie kommt mir so menschlich vor.

Im Schlafzimmer lege ich mich aufs Bett und ziehe mir die Decke bis unter die Nase. Augenblicklich schließen sich meine Lider und ich drifte in eine beruhigende und warme Dunkelheit. Vielleicht bekommt die Walin Angst, wenn ich sie allein lasse, schießt es mir durch den Kopf. Wenigstens die Tür sollte ich offen lassen. Ich setze die Füße auf den nassen Fußboden und schlurfe zur Tür, mache sie einen Spalt auf und schaue zur Walin hinüber. *Mach ein Geräusch, wenn etwas ist. Ich bin hier im Schlafzimmer, ja? Ich komme sofort zu dir, wenn es dir nicht gut geht. Mach nur ein Geräusch und ich bin da.* Natürlich antwortet mir die Walin nicht. Sie schläft wahrscheinlich schon. Trotz der Dunkelheit sehe ich, wie klein ihre Augen sind. Sie muss von der ganzen Anstrengung sehr müde sein. Ich bin ganz gerührt davon, wie sie da in meinem Wohnzimmer liegt und mir kommen plötzlich die Tränen. *Ruh dich aus, Walin. Ich bin da.*

Als ich mich wieder hingelegt habe, merke ich, wie kalt meine Füße sind. Kalt ist das falsche Wort. Eigentlich brennen sie vor Kälte. Ich versuche, sie ganz in die Decke einzuwickeln, aber es hilft nichts. Die Kälte ist so heftig, dass ich nicht schlafen kann. Ich setze mich auf und beginne, meine Füße zu kneten. Vom Stehen im Wasser ist meine Haut ganz verschrumpelt und kühl.

Nach einer Weile habe ich das Gefühl, dass die Kälte etwas nachlässt und lege mich wieder hin. *Mach jetzt die Augen zu*, ermahne ich mich. *Du brauchst Ruhe, um morgen eine Lösung zu finden, wie du der Walin helfen kannst.* Wie lange es ein Wal wohl auf dem Trockenen aushält? Zwei Tage, drei vielleicht oder eine Woche? Soviel ist sicher: Allzu lange wird es nicht sein. Das Abreiben, die Wassereimer und das Futter verschaffen nur etwas Zeit für eine umfassende Lösung. Morgen muss ich mich anstrengen. Die Zeit rennt. Aber jetzt muss ich erstmal schlafen, mich ausruhen. Aber das ist nicht so einfach. Meine Gedanken machen nicht das, was sie sollen. *Hör endlich auf zu denken und schlaf*, fahre ich mich selbst im Stillen an. Ich schließe meine Augen und stelle mir vor, wie alles um mich herum schwarz ist, nichts ist um mich, kein Ding, kein Gedanke. Schwarz. Als ich in die Dunkelheit abtauche, beginnen meine Beine zu kribbeln. Ich kann in dieser Position nicht liegen bleiben, ich muss mich auf die Seite drehen. Nur dieses eine Mal. Dann schlafen. Das Bettgestell quietscht, als ich mich drehe. Hoffentlich weckt das die Walin nicht. *Ruhig jetzt. Hör auf zu denken. Kneif die Augen zu und schlaf endlich.* Um mich herum soll alles dunkel sein. Schwarz. Aber da ist kein Schwarz. Da ist nur Blau. Ein dunkles Blau, in dem ein Schatten wandert. Ein Schatten, der näher kommt, so nah, dass er mich einhüllt.

Meine Beine beginnen wieder zu kribbeln. Ich reiße die Augen auf. Mein Atem geht flach und schnell. *Atme langsam*, sage ich mir. *Kontrolliere den Atem. Kontrolliere deinen Puls. Schlaf jetzt. Ruh' dich aus. Einatmen und Ausatmen. Langsamer. Nimm dir den Sauerstoff. Trockne deinen Kopf aus. Dann muss er schlafen.* Das Kribbeln meiner Beine macht mich rasend. Ich strample die Bettdecke weg. Ich ertrage es nicht, wenn sie auf meiner Haut liegt. Nur die Kälte darf meine Haut berühren, nichts anderes. Die Walin liegt im Nebenzimmer und leidet und ich denke nur daran, einschlafen zu wollen. Sie kämpft einen Todeskampf und ich will mich ausruhen. Ich bin ein schlechter Mensch. Deshalb geht es mir schlecht. Ich bin ein Egoist. Wenigstens zu ihr legen könnte ich mich. Dann wäre sie nicht so allein. Ja, das könnte ich tun. Der Gedanke beruhigt mich augenblicklich. Das Kribbeln in meinen Beinen lässt nach und ich schlage die Augen auf.

Leise patschen meine Füße durch das schwarze Wasser. *Ich schlafe bei dir, Walin*, flüstere ich, als ich neben ihr stehe. Sie regt sich nicht. Sie muss schon schlafen. Vorsichtig gebe ich ihr einen Gutenachtkuss auf die Stirn und setze mich dann auf das Sofa. Die Polster sind kalt. Sie haben sich mit Wasser vollgesogen. Das Bett war wärmer, aber für ein paar Stunden wird es gehen. Die Walin leidet größere Qualen. Eine Nacht auf einem feuchten

Sofa werde ich wohl aushalten können. Wenn ich bei ihr bin, geht es ihr vielleicht besser. Sie spürt vielleicht, dass sie mir nicht egal ist. Man sagt doch, dass geteiltes Leid halbes Leid ist. Mir wird ganz warm bei dem Gedanken und ich rolle mich auf dem nassen Sofa zusammen. Auf der Seite liegend sehe ich meine dunkle Freundin. Die Kälte ist mir jetzt egal. Das nasse Sofa auch. Bei ihrem Anblick fühle ich in mir einen glühenden Stein, der mich mit Kraft und Wärme erfüllt. *Ich bin bei dir, Walin. Ich lasse dich nicht allein. Zusammen schaffen wir das.* Die Anspannung weicht aus meinen Muskeln, meine Lippen formen ein Lächeln und ruhig wandere ich in die Dunkelheit. Du bist bei mir.

Mich weckt ein schrilles Geräusch. Ich schrecke hoch. Wie lange habe ich geschlafen? Wie spät ist es? Die Ränder der Decke, die vor dem Fenster hängt, glühen gelb. Es ist bereits Morgen. Wieder das schrille Geräusch. Meine Klingel. Es klopft. Stürmisch. *Sind Sie da? Hallo! Hallo aufmachen! Von meiner Zimmerdecke tropft es. Sie haben einen Wasserschaden in der Wohnung. Bei mir ist alles nass. Hören Sie?* Es muss der Nachbar von unten sein. Herr Blumenthal, ein Herr mittleren Alters, der allein lebt. Er ist Bestatter von Beruf. Steif und stumm liege ich auf dem Sofa. Ich bin nicht da. Er soll weggehen. Ich kann jetzt niemanden ertragen, der etwas von mir will. Ich muss mich doch um die Walin kümmern. Die Walin. Ich erschrecke. Wie lange habe ich geschlafen? Wie lange hatte die Walin kein Wasser? Sie liegt noch genauso da wie gestern Abend – den Bauch in einer kleinen Pfütze. Aber das Wasser steht nicht mehr so hoch wie noch vor ein paar Stunden. Es muss tatsächlich etwas in die Wohnung unter mir gelaufen sein. Die Haut am Bauch der Walin glänzt noch. Aber ihr Rücken ist trocken und rissig. *Es tut mir leid,* flüstere ich, *es tut mir so leid, dass ich verschlafen habe*. Ich höre Schritte auf dem Gang, die sich entfernen. Herr Blumenthal geht. Gut so. Regungslos verharre ich noch einen Augenblick auf dem nassen Sofa. Dann fällt mir der Wassereimer ins Auge.

Als ich mir sicher bin, dass der Nachbar gegangen ist, springe ich auf und greife danach. Ich schöpfe das Wasser gleich vom Boden – dafür steht es gerade hoch genug, denke ich, aber der Eimer füllt sich kaum zu einem Viertel. So wird das nichts. Ich renne ins Bad und lasse den Eimer in der Dusche volllaufen. Das Wasser schäumt. Mit Mühe hebe ich ihn hoch. Meine Arme schmerzen. Als ich den Eimer gerade über den Rand der Dusche heben will, schlägt er gegen die Duschwanne und eine Welle schwappt über den Plastikrand des Eimers auf die Fliesen. Verdammt. Mit beiden Händen schleppe ich den fast vollen Eimer ins Wohnzimmer zur Walin. Mir geht die Kraft aus. Gerade schaffe ich es noch, den Eimer so hoch zu heben, dass ich ihn über dem Rücken der Walin ausgießen kann. Meine Arme zittern. *Ich muss mir etwas anderes für dich einfallen lassen,* murmle ich und betrachte dabei die rissige Haut der Walin. Es muss doch einen anderen Weg geben, dass Wasser zu dir zu bringen, denke ich. Aber natürlich. Den gibt es. Ich gehe in die Küche und öffne den Schrank unter der Spüle. Da liegt er. Ein roter Gummischlauch.

Das Ende des Schlauches ist gerade groß genug, um es über den Wasserhahn in der Spüle zu schieben. Vorsichtig drehe ich das Wasser auf und erwarte, dass meine Konstruktion zumindest undicht ist. Wider Erwarten passiert nichts. Kein Schlauch, der abreißt. Kein spritzendes Wasser. Ich drehe den Hahn etwas weiter auf und der Schlauch in meiner Hand wird schwer. Dann rinnt aus dem zu Boden hängenden Ende ein kleines Rinnsal. Erstaunt drehe ich den Hahn ganz auf und aus dem Schlauch sprudelt ein Wasserstrahl, der auf die

Küchenfliesen platscht. Erleichtert rolle ich den Schlauch aus. Er ist gut fünf Meter lang und reicht bequem bis zur Walin. Kurz muss ich an den Wasserschaden des Nachbarn denken, die aufgeweichten Tapeten und das nasse Sofa. Aber das spielt jetzt keine Rolle. Ich lege meinen Daumen auf die Öffnung des Schlauches. Das Wasser spritzt und ich halte den Strahl auf die trockene Haut der Walin. So ist es besser, denke ich. So kann ich deine Haut ohne Probleme feucht halten. Ich spüre, wie ein Lächeln über mein Gesicht wandert und kurz fühle ich mich wie ein Pfleger im Ozeanarium, der glücklich seiner Arbeit nachgeht.

Als mein Blick am Kopf der Walin innehält, fällt mir ihr geschlossenes Auge auf. Sofort schießt ein dumpfer Schmerz in meinen Bauch und mir fällt der Schlauch aus der Hand. Sie schläft, beruhige ich mich. Sie ist erschöpft. Wer erschöpft ist, schläft lange. Ich habe auch lange geschlafen. *Walin*, flüstere ich, *du kannst dich ruhig ausruhen, solange du willst, aber kannst du nur für eine Sekunde die Augen öffnen, nur eine Sekunde, dass ich sehe, dass du noch da bist?* Meine Stimme zittert. Ich warte. Die Walin versteht meine Sprache nicht, sie versteht nicht, was ich will, aber sie muss mich doch hören. Sie muss doch nur kurz das Auge öffnen. Vielleicht schläft sie ja sehr tief. Ich sollte sie nicht wecken. Schlaf ist gesund. Schlaf heilt. Die Walin soll sich gesund schlafen. Ich gebe ihr einen vorsichtigen Kuss auf das geschlossene Augenlid. Es zuckt ein wenig, als meine Lippen es berühren. Augenblicklich löst sich der Schmerz in meinem Bauch. Unwillkürlich beginne ich zu lächeln und mir kommen die Tränen. Voller Freude küsse ich ihre Stirn. *Danke*, sage ich, *danke, dass du da bist*.

Ich stehe auf und gehe in die Küche. Sicherlich ist die Walin vollkommen erschöpft. Sie sollte etwas essen. Wahrscheinlich war es gestern einfach zu spät für die Heringe. Vielleicht waren es auch zu viele auf einmal. Gestern war doch noch alles so neu. Die Wohnung, die Trockenheit. Ich. Wie soll man bei so viel Neuem essen können? Ich werde ihr jetzt nur einen Fisch geben. Den lege ich ihr in ihren Mund. Da lasse ich ihn einfach. Ihr Körper wird ihn schon nehmen, wenn er ihn braucht. Der wäre ja auch schön dumm, wenn er das nicht täte. Schließlich braucht er die Nahrung. Natürlich. Das ist der Überlebenswille. Ein Trieb. Gegen diesen Trieb kann man gar nichts machen. Der ist angeboren. Das ist so, nicht nur beim Menschen. Ich öffne den Kühlschrank und nehme die Form mit den Heringen heraus. Sie liegen immer noch glanzlos und schlaff übereinander. Im Gegensatz zu gestern steigt mir aber ein leichter Fischgeruch in die Nase. Ob sie noch gut sind? Sicherlich. Sie waren eingefroren und standen die ganze Nacht im Kühlschrank. Sie können noch gar nicht schlecht sein. Ich versuche den Zweifel, der durch meine Gedanken weht, zu verscheuchen, nehme mir einen Hering aus der Auflaufform und gehe damit zur Walin. *Ich werde dich jetzt füttern, Walin*, sage ich und greife vorsichtig in den kleinen

Schlitz zwischen ihren Lippen. Ich hebe den Oberkiefer ein Stück an und schiebe meine Hand mit dem Hering in ihr Maul. Ich will den Hering nicht einfach fallen lassen, also schiebe ich auch meinen Unterarm ganz in die Walin hinein. Auch das Ellenbogengelenk und fast den ganzen Oberarm. Dann spüre ich etwas Weiches. Ich kann nicht sagen warum, aber ich habe das Gefühl, dass ich den Hering hier ablegen sollte. Ich öffne meine Hand und der kleine silberne Fisch gleitet heraus. Einen Moment verharre ich so. Ich verspüre das Gefühl, dass ich meinen Arm nie mehr aus der Walin herausziehen will. Ich möchte in ihr sein. Ich fühle mich ihr so nah, wie noch niemandem zuvor. Erschrocken über diese Gedanken, ziehe ich meinen Arm aus ihr heraus. Als Letztes streift meine Hand über ihre Lippen. Flüssigkeit klebt an meinen Fingern. Ich stehe mit hängenden Schultern vor ihr, beuge mich herab und küsse ihren Mund. Dann geben meine Knie nach und ich sinke zu Boden. Obwohl ich gerade erst aufgewacht bin, überkommt mich eine große Erschöpfung. Ich knie im Wasser, die Hände vor mir aufgestützt. Der Geruch von Salz steigt mir in die Nase, der Geruch von Meer und Weite. Ich bin wieder Kind. Ich fühle mich kraftlos, aber geborgen. Ich fühle mich zum ersten Mal, als wäre ich am richtigen Ort. Hier gehöre ich hin. Zu dir. *Ich glaube*, sage ich, *ich war schon verliebt in dich, als ich dich das allererste Mal im Ozeanarium gesehen habe.* Plötzlich muss ich weinen. Das musste ich seit Jahren nicht. Aber jetzt laufen mir Tränen übers

Gesicht. Wimmern. Schluchzen. Ich krümme mich und bleibe neben ihr im Wasser liegen.

Die Zeit hat sich im Gefühl verloren. Sie hat sich verflüssigt und gerinnt erst wieder, als die Tränen aufhören zu laufen. Alles ebbt langsam ab und Müdigkeit überkommt mich. Bewegungslosigkeit. Gedankenlosigkeit. Stille in Kopf und Raum. Ich falle in einen tiefen, traumlosen Schlaf. Dann hämmert es gegen die Tür. *Sie sind doch da. Ich habe Sie gehört! Machen Sie auf! Ist alles in Ordnung bei Ihnen? Können Sie zur Tür kommen oder ist Ihnen etwas passiert? Wenn Sie nicht aufmachen, muss ich die Polizei rufen. Den Vermieter habe ich schon informiert. Brauchen Sie Hilfe?* Die Polizei war doch schon da, denke ich. Die machen nichts. *Nun sagen Sie doch was*, ruft Herr Blumenthal. *Ich habe doch gehört, wie Sie mit jemandem sprechen.* Wie gelähmt liege ich am Boden. Was will dieser Mann? Ich versuche mein Bestes, diesen Wal zu retten. Ich gebe doch alles, was ich kann. Da kann doch eine nasse Zimmerdecke warten. Warum ist dieser Mensch so kleinlich? Warum ist ihm diese Zimmerdekke so wichtig? Hier geht es um Leben und Tod. Ich will, dass der Mann verschwindet. Ich will ihm hässliche und verletzende Wörter an den Kopf werfen, weil er nichts versteht, weil er nicht weiß, worum es hier geht und wie wichtig das Wasser ist. Er ist nur ein bemitleidenswerter, armseliger Mensch. Ein Mann, der Bestatter von Beruf ist. Die Zimmerdecke vor dem Leben der Walin! Und überhaupt: Wie kann man sich einen solchen Beruf aussuchen? Etwas so Morbides. Wie soll der die Walin und mich verstehen? In seinem Beruf gibt es kein Leben mehr, keinen Kampf, kein Wollen, nur noch Tod und Gleichgültigkeit. Armselig ist das! Der Tod als Lebenszweck. *Hauen Sie ab*, brülle ich und erschrecke vor meiner eigenen Stimme. Sie überschlägt sich. Sie ist hart und spitz. Sie hackt auf den Mann ein. Aber diese Worte fühlen sich gut an. *Es geht Sie einen Scheiß an, wie es mir geht. Kümmern Sie sich um ihre Leichen, aber lassen Sie mich in Ruhe! Was habe ich damit zu schaffen, dass Sie eine feuchte Decke haben!*

Na, hören Sie mal, kommt es dumpf durch die Tür. *Wie reden Sie denn mit mir? Das Wasser kommt aus Ihrer Wohnung. Die Wohnungen der anderen Nachbarn sind trocken. Das konnte ich schon überprüfen. Sie haben den Wasserschaden. Nun seien Sie nicht so und lassen Sie uns dieses Problem lösen, sonst nimmt das ganze Haus noch Schaden.*

Hier ist nichts, rufe ich, *das können Sie mir ruhig glauben*. Einen kurzen Moment herrscht Stille.

Das würde ich gerne, sagt der Mann, *aber Sie haben einen Wasserschaden. Hier vor Ihrer Tür steht eine Pfütze und meine Pantoffeln sind schon ganz durchgeweicht. Meinen Sie, ich bilde mir das ein? Machen Sie schon auf. Ich will die Polizei nicht rufen.*

Dieser dumme Bestatter, denke ich. *Tun Sie das ruhig*, brülle ich. *Sie werden ja sehen, was Sie davon haben.* Soll er ruhig die Polizei rufen. Sollen die ruhig die Wohnung aufbrechen. Ich habe das ja selbst vorgeschlagen. Dann sehen endlich alle die Walin. Dann sehen sie, dass ich hier mein Bestes versuche, um der Walin zu helfen und dass dieser Wasserschaden etwas so Banales ist im Angesicht dieses Ereignisses. Schließlich liegt ein Wal in meinem Wohnzimmer. Ich lausche. Schritte hallen auf dem Flur. Sie werden leiser. Der Mann ist gegangen. *Er lässt uns in Ruhe*, sage ich leise – *wenigstens für eine Weile. Vielleicht kommt er ja wirklich mit der Polizei wieder. Die hilft dir dann.* Bei dem Gedanken wird mir flau im Magen. *Aber das würde ja bedeuten, man würde dich mir wegnehmen.* Schon wieder werden meine Augen heiß und feucht. Ich setze mich ins Wasser, den Rücken an die Walin gelehnt und spüre einem Gedanken nach. *Ich will nicht, dass du gehst.* Eine Träne läuft mir über die Lippen. Ich taste mit meiner Zunge nach ihr. Sie schmeckt salzig. Du Idiot, denke ich. Du hirnloser Idiot. Du badest einen Wal in Süßwasser und wunderst dich, dass er stirbt.

Ich reiße die Schranktüren in der Küche auf. Wo ist das Salz? Ich hatte doch welches. Ah, da steht es. Zwei Packungen Meersalz. Eine ist angebrochen, aber fast voll. Die andere ist noch verschlossen. Wie mischt man Meerwasser? Was ist das richtige Verhältnis von Salz und Wasser? Geht das überhaupt mit normalem Salz? Mischt das Ozeanarium sein Wasser selbst oder lassen sie sich spezielles Meerwasser in Tanklastern von der Küste bringen? Ich will nichts verkehrt machen. Die Dinge sind schon schlimm genug. Ich stelle die Meersalzpackungen auf den Küchentisch und gehe ins Schlafzimmer. Dort setze ich mich an den Laptop und versuche herauszufinden, ob man mit Speisesalz Meerwasser herstellen kann. Die Ergebnisse ernüchtern. Ich klappe den Laptop zu und lasse mich in die Lehne des Stuhls fallen. Mein Kopf brummt. Wie lange ist die Walin schon hier? Ich habe mein Zeitgefühl verloren. Ich habe die Wohnung unter Wasser gesetzt, weil ich dachte, so könnte ich der Walin helfen. Aber es ist nicht das richtige Wasser. Es ist das Falsche. Vielleicht ist es sogar gefährlich. Das Wasser aus der Leitung schadet der Walin unter Umständen mehr, als dass es ihr hilft. Aber irgendetwas musste ich doch tun. Auf diese Situation war ich nicht vorbereitet. Wer kann schon ahnen, dass man aufwacht und ein Wal im Wohnzimmer liegt, der spezielles Wasser braucht, in dem er schwimmen kann. So eine Situation kann doch niemand vorher ahnen, geschweige denn einfach so bewältigen. Warum sollte ich es können? Die Frage hallt in meinen

Gedanken nach. Warum sollte ich es können? Natürlich. Weil ich es versprochen habe. Plötzlich klaren meine Gedanken auf. Ich habe es versprochen. Ich habe der Walin versprochen, dass ich ihr helfen werde. Als sie im Ozeanarium vor der Scheibe schwebte und so traurig aussah, habe ich ihr ein Versprechen gegeben und daraufhin ist sie gekommen. Sie ist einfach zu mir gekommen, in meine Wohnung, in mein Wohnzimmer, weil sie mir vertraut, weil ich ihr helfen kann. Niemand anderes ist dazu in der Lage – nur ich. Wenn die Walin zu mir kommt, dann hat das einen Grund. Dann reicht vielleicht auch das Meersalz auf meinem Küchentisch dafür aus, sie zu retten. Es ist nicht das Salz, das sie rettet, es ist das, was ich tue. Ich bin der Schlüssel. Ich kann ihr helfen. Ich allein. Das muss es sein. Ich bin ihr Retter. Bei diesem Gedanken trommle ich mit den Fingern auf dem Tisch und schaue in das Wohnzimmer hinüber. Im Wohnzimmer kann die Walin unmöglich weiterleben. Jedenfalls nicht so. Das ist offensichtlich. Im Ozeanarium hat sie in einem Becken gelebt. Ich bekomme sie nicht wieder dorthin. Aber ich kann das Becken hierher zu ihr bringen. Meine Finger liegen still auf der Tischplatte. Dieser Gedanke beseelt mich. Er gibt unglaubliche Kraft. Natürlich. So kann ich die Walin retten. Ich bringe das Becken zu ihr.

Ich gehe zur Kommode und ziehe die Schubladen auf. Alle Handtücher, die Bettbezüge und Laken hole ich heraus und trage den Stoffberg zum Sofa. Dann ziehe ich die Schlafzimmertür zu. Ich nehme mir ein dunkelblaues

Saunahandtuch und stopfe es in die Ritze zwischen Schlafzimmertür und Fußboden. Sofort saugt sich das Handtuch mit Wasser voll. Aber es scheint die Ritze abzudichten. Sehr gut. Ich lege weitere Handtücher und Laken vor und um den Fensterrahmen. Die Abgüsse in Spüle, Waschbecken und Dusche verstopfe ich ebenfalls. In die Toilette stopfe ich die Winterbettwäsche mit dem Blumenmuster. Die blauen Astern schimmern satt und dunkel in der weißen Keramikschale. Wollen wir doch mal sehen, wie weit meine Idee trägt. Ich gehe zum Waschbecken und drehe den Wasserhahn auf. Die Wassertemperatur sollte etwas kälter als handwarm sein. So. Das geht. Schnell saugt sich das Handtuch voll und das Wasser rinnt über den Rand des Beckens. Der See in meiner Wohnung hat einen kleinen Wasserfall bekommen, denke ich und fühle, wie sich ein pulsierendes Glück in mir ausbreitet. Ich drehe auch den Hahn in der Dusche auf. Schnell wird mein Bad ein wahrer Wasserpark, in dem die Springbrunnen vor sich hinplätschern und kleine Bäche den See in meinem Wohnzimmer anschwellen lassen. Dann gehe ich in die Küche, ziehe den Schlauch vom Hahn und drehe auch noch diesen auf. So. Das wäre geschafft. Als ich in das bewegte Wasser schaue, das auf dem Fußboden nicht mehr stillzustehen scheint, habe ich bereits das Gefühl, dass es ein wenig angestiegen ist. *Walin*, sage ich, *schau, bald wird es dir wieder gut gehen. Du bekommst dein eigenes Becken. Schluss mit dem Abreiben. Schluss mit der Angst. Du kommst dahin, wo du hingehörst: ins Meer. In dein ganz eigenes Meer. Ein Meer, das ich nur für dich mache. Und wenn irgendwann das ganze Haus unter Wasser steht, umso besser. Dann kommt die Polizei und rettet dich. Aber bis dahin passe ich auf dich auf. Bis dahin sorge ich für dich. Ich habe es versprochen. Ich rette dich!*

Aus der Küche hole ich die beiden Meersalzpackungen. Die angebrochene entleere ich auf dem Rand der Küchenspüle, wo das hinabfließende Wasser die Salzkristalle langsam in den See spült. Die andere Packung reiße ich auf und verteile eine Hälfte im Bad, die andere versuche ich gleichmäßig im Wohnzimmer zu verstreuen. Der erste Schritt ist getan.

Nun hebe ich den Gummischlauch auf. Er hat eine gute Länge, denke ich, und lasse das weiche Material durch meine Finger gleiten, um es nach Rissen abzusuchen. Der Schlauch ist noch von meinem Großvater. Er hat ihn zum Weinmachen benutzt. Keine Ahnung, warum ich ihn aufgehoben habe, aber ich bin dankbar dafür, dass ich ihn habe.

Ich knote ein Ende des Schlauches an die Deckenlampe im Wohnzimmer, so dass das offene Ende knapp unter der Decke schwebt. Dann lasse ich den Schlauch fallen, denn mir kommt ein wichtiger Gedanke. Ich gehe zum Sicherungskasten und drehe alle Sicherungen heraus. Ein Aquarium mit Stromanschluss ist keine gute Idee.

Als ich zurück gehe, merke ich, wie das Wasser meine Füße umspült. Unser Meer reicht mir schon fast bis zu den Knöcheln, denke ich. Die kleine Wohnung, mit der ich nie ganz zufrieden war, erweist sich nun als ein echter Glücksgriff. Der Wasserspiegel steigt sehr schnell.

Jetzt kommt der schwierigste Teil. In den Küchenschubladen suche ich nach einem breiten Klebeband. Ich erinnere mich, dass Handwerker es hier vergessen haben, als die Heizungen erneuert wurden. Da ist es. Eine graue Rolle breites Tape. Ich nehme sie und gehe ins Wohnzimmer. Dort ziehe ich das herabhängende Ende des Schlauches aus dem Wasser und stecke es mir in den Mund. Ich atme ein und aus. Die Luft schmeckt komisch, nach Gummi und vergorenen Früchten, aber ich kann atmen. Das ist das Wichtigste. Als nächstes wickle ich etwas Klebeband um den Schlauch und lasse die Rolle so lange um meinen Kopf kreisen, bis ich eine dichte Atemmaske aus Schlauch und Klebeband vor dem Gesicht trage. Langsam entspanne ich meine zusammengepressten Lippen und atme. Meine Idee scheint zu funktionieren. Der Schlauch bleibt zwischen meinen Lippen und die Maske ist dicht. Ich gehe ein paar Schritte, um die Länge des Schlauches zu überprüfen. Walin, Küche, Sofa. Alles kann ich bequem erreichen.

Mittlerweile reicht mir das Wasser schon bis zu den Waden. Ich muss alles recht ordentlich abgedichtet haben. Mein Aquarium füllt sich schneller als ich dachte. Die Brustflossen der Walin sind schon fast komplett von Wasser umgeben. Bald wird es ihr besser gehen. Bald kann sie wieder schwimmen und das Wasser trägt ihr

Gewicht. Ganz ruhig liegt sie im anschwellenden Meer. Ihre Augen sind geschlossen und ich bemerke, dass ich ihr schon wieder ausweiche. Ich vermeide es, sie anzusehen. Warum nur? Jetzt, wo mein Blick auf ihr ruht, fühle ich, wie sich mein Magen wieder zusammenzieht. Ich habe Angst. Zögernd gehe ich zu ihr. Ich streiche ihr über die Stirn und warte auf eine Reaktion. Nichts. Kein Zukken auf der Haut. Kein Lid, das sich öffnet. Halt durch, Walin, denke ich. Halt durch. Es dauert nicht mehr lange. Ich beuge mich zu ihrem Auge herunter und berühre das geschlossene Lid. Nichts. Keine Reaktion. Meine Fingerspitzen werden kalt und ich habe das Gefühl, mich übergeben zu müssen. Reiß dich zusammen. Panik steigt in mir auf. Sie darf jetzt nicht sterben. Sie darf nicht. Mit zittrigen Fingern öffne ich das Lid der Walin, halte es mit einer Hand geöffnet, mit dem Zeigefinger der anderen Hand steche ich vorsichtig in ihr Auge. Das Lid zuckt. Erleichtert lasse ich augenblicklich los. *Es tut mir leid, Walin, es tut mir leid*, murmle ich mit dem Schlauch zwischen den Lippen. Aber ich musste doch wissen, ob du noch lebst. Verzeih mir. Gleich wird es besser. Halt nur noch ein bisschen durch. Du kannst doch bestimmt schon fühlen, wie das Wasser steigt. Ich bin da. Du brauchst keine Angst zu haben.

Ich setze mich neben die Walin ins Wasser und streichele ihren Hals. Ach, könnte das Wasser doch noch schneller steigen, denke ich. Wie vertraut mir dieser Satz ist. Ich habe ihn so oder so ähnlich schon mal gesagt. Ja.

Als ich ein kleiner Junge war und in die Badewanne gestarrt habe, die sich langsam mit Wasser gefüllt hat. Ich konnte es kaum erwarten, endlich ins Wasser zu steigen und ganz von Wärme und Geborgenheit umgeben zu sein. Bald, Walin, werden wir dieses schöne Gefühl teilen. Ich rutsche näher an sie heran und lege meinen Kopf an ihr ab. Wie lange ist sie schon hier? Seit gestern Morgen? Wann habe ich sie zum ersten Mal gesehen? Es muss schon Jahre her sein. Ja, ich habe das Gefühl, dass wir uns schon eine Ewigkeit kennen, dass wir einander so vertraut sind wie ein altes Paar. Das wir eins sind, du und ich.

Die ersten kleinen Wellen kitzeln an der Unterlippe der Walin. Wahrscheinlich merkt sie, dass es jetzt bald besser um sie steht, dass ich ihr ihren Wunsch erfülle, dass ich mein Versprechen halte. Vielleicht noch zwei Stunden oder drei. Dann wird die Walin schwimmen. Ich sitze immer noch neben ihr und streichle ihren Hals. Oberhalb der Wasseroberfläche ist ihre Haut noch rau, aber unterhalb fühlt sie sich wieder glatt und geschmeidig an. Meine Idee, das Wohnzimmer zu einem Becken zu machen, kann nicht falsch gewesen sein. Wir haben nicht viel Platz, aber dafür ein eigenes Meer, in dem wir zusammen schwimmen werden.

Mittlerweile reicht mir das Wasser im Sitzen schon bis zur Brust. Ich sollte jetzt meine Atemmaske überprüfen. Noch wäre Zeit, ein paar Veränderungen vorzunehmen. Ich rutsche ein Stück von der Walin weg, schließe meine Augen und lege mich hin. Ich bin angespannt.

Vorsichtig atme ich ein und aus. Die Maske ist dicht. Ich sauge nur Luft ein. Auch als ich meine Lippen entspanne, dringt kein Wasser durch das Klebeband. Langsam öffne ich meine Augen. Der Kopf der Walin ragt verschwommen neben mir auf. Darüber sehe ich die Deckenlampe und den roten Schlauch, der daran festgebunden ist. Alles verschwimmt. Vielleicht dreißig Zentimeter Wasser stehen über meinem Kopf. Es fühlt sich seltsam an, unter Wasser zu atmen, als wäre irgendetwas falsch. Ich spüre, wie mein Körper sich an den ungewöhnlichen Zustand gewöhnen muss. Unter Wasser atmen. Es fühlt sich an wie ein anderes Leben. Ich drehe mich vom Rücken auf die Seite. Auch das geht ohne Probleme. Der Schlauch hält dicht. Es freut mich, dass ich etwas so Praktisches zustande gebracht habe. Gerne würde ich der Walin sagen, wie ich mich freue, aber ich werde jetzt nicht mehr mit ihr sprechen können. Sprechen ist jetzt nicht mehr möglich. Zumindest nicht so, wie ich es gewohnt bin, mit Worten. Die Walin und ich müssen jetzt eine ganz eigene Sprache finden. Eine Sprache, die nur uns beiden gehört. Bei diesen Gedanken streichle ich ihr zärtlich über die Haut und möchte sie küssen. Aber mir ist der Schlauch im Weg. Augenblicklich schießt mein Kopf aus dem Wasser und ich will mir die Maske herunter reißen. Ich kann die Walin nicht mehr küssen. Das habe ich nicht bedacht. Wenn ich atmen will, dann muss ich darauf verzichten, sie zu küssen. Das geht nicht. Mit ein paar ruckartigen Bewegungen zerre ich mir meine Atemmaske vom Kopf und reiße mir dabei büschelweise Haare aus. Das ist egal. Es kann nicht sein, dass ich die Walin nicht mehr küssen kann, nur wegen der Bequemlichkeit, zu atmen. Dann muss ich den Schlauch eben zwischen die Lippen klemmen. Es geht nicht anders. Ich schleudere das Knäuel aus Klebeband und Haaren auf das Sofa. Beruhig dich. Atme langsam ein und aus. Nach ein paar Minuten geht es wieder. Langsam lege ich mich zurück ins Wasser, die Lippen fest um das Schlauchende gepresst. Auch so kann ich atmen. Ich muss mich nur konzentrieren. Vorsichtig ziehe ich mir das Schlauchende aus dem Mund und lege sofort die Kuppe meines Zeigefingers auf die Öffnung. Ich halte die Luft an und schiebe meine Lippen langsam durch das Blau in Richtung der Walin. Der Kuss ist kühl, aber ich spüre, dass wir jetzt gerettet sind. Ich habe es geschafft, Walin. Du kannst leben und ich darf bei dir sein. Mir schießen Tränen in die Augen und ich beginne zu schluchzen. Augenblicklich ziehe ich Wasser durch Mund und Nase, ziehe es in die Lungen und fahre panisch hoch, huste, spucke und würge.

Als ich mich etwas beruhigt habe, überkommt mich eine bedrückende Erkenntnis: Es wird nicht ohne Maske gehen. Zumindest am Anfang. Ich könnte eine abnehmbare Maske bauen. So eine, wie sie Taucher tragen. Dann könnte ich trainieren, wie man die Luft unter Wasser lange anhält. Wann immer ich dich dann küssen wollte, würde ich einfach die Maske abnehmen. Am Anfang haben wir vielleicht dreißig Sekunden unter Wasser, später vielleicht eine Minute. Wer weiß, wenn ich hart genug trainiere, kann ich vielleicht sogar drei oder vier Minuten unter Wasser bleiben, ohne zu atmen. Ich tue alles für dich, Walin.

Das Wasser reicht mir jetzt schon bis an die Schenkel. Der Mund der Walin ist ganz bedeckt. Ich schiebe mich in die Küche, um das Klebeband zu holen. Es ist noch trocken. Zum Glück. Allerdings ist nicht mehr viel Tape auf der Rolle. Trotzdem reicht es noch für eine zweite Maske.

Ich liege neben der Walin und halte ihre Brustflosse wie eine Hand. Über mir ist jetzt fast ein ganzer Meter Wasser. Es wird nicht einfach sein zu schlafen, denke ich. Unter Wasser schlafen, ob das schon jemand gemacht hat? Wie wird das genau gehen? Ich schließe die Augen, lasse die Brustflosse der Walin los und versuche mich zu entspannen. Das Wasser trägt, es wiegt mich, es nimmt mich. Ich fühle mich schwerelos. Für einen Augenblick öffne ich die Augen und sehe, dass ich mich schon etwas von der Walin entfernt habe. Das Wasser führt uns zusammen und es kann uns trennen, denke ich. Dumpf höre ich das Plätschern, das aus der Küche und aus dem Bad kommt. Ich höre das Wasser, das in unser kleines Meer, in unseren kleinen Ozean fließt. Unser Ozean. Unsere Wasserfälle. Unser Zuhause. Das ist unser Ort, denke ich und fühle mich ganz ruhig. Da liegt meine Walin. Nur noch ihre Finne ragt aus dem Wasser. Ihre Haut schimmert. Sie ist zu Hause. Sie ist ganz ruhig. Gleich, wenn das Wasser ihre Rückenflosse überragt, wird sie die Augen öffnen und wir werden zusammen schwimmen. Dankbar wird sie mich ansehen. Sie wird glücklich darüber sein, dass sie mir vertraut hat und ich werde glücklich sein, weil ich mein Versprechen gehalten habe. Ich habe die Walin gerettet.

Als ich eine ganze Zeit später meine Augen wieder aufschlage, bin ich orientierungslos. Überall ist Wasser. Ich will mich schnell drehen, aber meine Bewegungen laufen wie in Zeitlupe ab. Langsam blicke ich nach oben. Das Wasser steht fast unter der Decke. Wir haben es geschafft, denke ich und drehe mich zur Walin. Sie liegt immer noch auf dem Teppich. Verschwommen und dunkel sehe ich ihre Konturen. Warum bewegt sie sich nicht? Schläft sie noch? Ich schwimme unbeholfen in die Küche und drehe den Wasserhahn zu. Auch im Bad drehe ich das Wasser ab. Dann schwimme ich zur Walin. Ich schwimme direkt auf ihr Gesicht zu. Es ist ausdruckslos. Ich strecke meine Finger aus und versuche, sie anzustupsen. Alles geschieht furchtbar langsam und mein Körper fühlt sich unter Wasser ganz kraftlos an. Meine Finger berühren die Walin, aber nichts geschieht. Ich versuche, die Walin heftiger zu stoßen, erst mit den Handballen, dann mit den Fäusten. Da, wo meine Fäuste treffen, entstehen kleine Wölbungen, aber die Walin regt sich nicht.

Walin, rufe ich in den Schlauch und versuche, immer heftiger zuzuschlagen. Doch ich habe unter Wasser keine Kontrolle über meine Kräfte. Meine Schläge sind kraftlos und ich bewege mich unkoordiniert im Wasser hin und her. Nur mit Mühe schaffe ich es, immer wieder vor die Walin zu schwimmen. Die Walin regt sich nicht. Ihr Mund ist geschlossen. Auch ihre Augen öffnen sich nicht. *Aber du kannst doch jetzt schwimmen, Walin. Schwimm doch endlich. Du bist wieder im Meer. Ich habe dich doch gerettet.* Plötzlich gibt es einen Knall. Ein Bersten. Sofort werde ich fortgerissen und schlage mit dem Kopf gegen einen harten Gegenstand. Mir wird schwarz vor Augen.

Vogelgezwitscher. Ich schlage langsam die Augen auf. Alles wankt und dreht sich. Ich kann nichts klar erkennen. Wasser. Die Walin. Mein Wohnzimmer. Ich lehne am Sofa. Das Wasser reicht mir bis an die Unterlippe. Mein Kopf tut weh. In meinen Ohren dröhnt und rauscht es. Mir ist übel. Ein Luftzug weht über die Wasseroberfläche. Sie kräuselt sich. Ab und zu fällt ein roter Tropfen vor mir herunter. Er löst sich im Wasser auf. Benommen fasse ich mir in die Haare. Meine Fingerspitzen sind rot. Ich muss mich verletzt haben. Aber wobei? Vorsichtig taste ich mein Gesicht ab. Ich spüre keine Schmerzen. Es kann nicht so schlimm sein. Nur ein bisschen Blut. Aber die Maske ist weg. Das Klebeband und der Schlauch, wo sind sie? Vorsichtig hebe ich den Kopf. Das Dröhnen wird schlimmer. Ein Ende des Gummischlauchs treibt mit der Maske auf dem Wasser, das andere hängt immer noch an der Lampe. Das Wasser. Vorhin stand es doch noch bis unter die Decke. Was ist passiert? Als ich versuche, meinen Kopf zu drehen, zucke ich zusammen. Mir fährt ein beißender Schmerz in die Wirbelsäule. Ich kann meinen Kopf nicht drehen. Ich warte, bis das Reißen abgeklungen ist und höre währenddessen Vogelgezwitscher. Behutsam taste ich nach der Sofalehne und halte mich daran fest. So versuche ich mich herumzudrehen, ohne meinen Kopf zu bewegen. Es gelingt mir. Ich sehe die Wand und ein riesiges Loch. Da, wo das Fenster war. Graues Morgenlicht schimmert herein und ich höre die Vögel. Das Glas ist komplett herausgebrochen. Wahrscheinlich hat es dem Druck des Wassers nicht standgehalten. Auch die Gardinenstange ist abgerissen. Die Decke und die Vorhänge hat es auch herausgespült. Vorsichtig stemme ich mich hoch und schiebe mich durch das kalte Wasser. Schwindel. Übelkeit. Als ich das Fensterbrett erreiche, muss ich mich abstützen. Vielleicht habe ich eine Gehirnerschütterung. Ich starre reglos auf das Fensterbrett, das knapp unter der Wasseroberfläche weiß schimmert. Als das Fenster zerbrochen ist, muss mich der Sog mit sich gerissen haben. Als der Schwindel nachlässt, schaue ich nach draußen. Der Bürgersteig vor der Eingangstür ist nass. Glassplitter liegen auf den Gehwegplatten, etwas weiter entfernt die Decke. Die Vorhänge wurden bis auf die Straße gespült. Es ist noch kein Mensch draußen zu sehen. Mein Plan, meine Wohnung in ein Becken für die Walin zu verwandeln, ist fehlgeschlagen. Ich fahre schnell herum. Walin, denke ich noch, dann schießt ein kalter Schmerz in meinen Kopf und mir wird schwarz vor Augen.

Als ich die Augen wieder öffne, starre ich auf den Teppich, dessen Rot im Wasser verblasst. Ich fühle mich leicht, als würde ich schweben. Alles ist ganz langsam. Alles ist blau und kalt. Aber etwas mit mir stimmt nicht. Etwas in mir. Ich kann nicht atmen. Mein Mund ist offen. Ich will atmen, aber ich kann nicht. Panik. Ich strample. Zucke. Dann reiße ich den Kopf hoch. Husten. Spucken. Luft. Ich würge Wasser heraus. Schwindel und Zittern. Benommen schleppe ich mich zum Sofa und klammere mich daran fest. Noch eine Weile huste und spucke ich. Nach und nach bekomme ich wieder Luft. Dann rieche ich Salz und Meer und etwas Anderes.

Die Haut der Walin ist spröde und rissig. Diesen Anblick bin ich aus den letzten Stunden gewohnt, aber etwas an ihr ist anders. Ihre Farbe hat sich verändert. Sie ist blass geworden. Als wäre das Dunkel des Graus aus ihrer Haut gekrochen, liegt sie jetzt fahl und schlaff im Wasser. Vielleicht liegt das nur am Morgenlicht, huscht es mir durch den Kopf, aber ich weiß aus irgendeinem Grund sofort, dass es nicht das Licht ist, das der Farbe ihre Kraft genommen hat.

Obwohl ich mich zu schwach fühle, um zur Walin zu gehen, stemme ich mich hoch und schiebe mich durch das Wasser zu ihr. Plötzlich stoße ich mit meinen Füßen gegen etwas Hartes und falle fast ins Wasser. Es ist der Eimer. Stundenlang muss der Rücken der Walin schon ohne Wasser an der Luft liegen. Ich muss ihn feucht halten. Vielleicht verschafft es mir ein bisschen Zeit, bis ich eine neue Idee habe. Vielleicht kommt ja auch endlich die Polizei. So wie der Bürgersteig aussieht, ist es ein Wunder, dass sie noch nicht hier ist. Ich beuge mich nach unten und ziehe den vollen Eimer aus dem Wasser. Er ist so schwer, dass ich mehr als die Hälfte des Wassers ausgießen muss. Anders kann ich ihn kaum halten. Ich schleppe den Eimer zur Walin und schütte eine lächerliche Menge Wasser über ihre Flanke. Von dieser kleinen Anstrengung wird mir schwindelig und der Eimer gleitet mir aus der

Hand. Behutsam stütze ich mich an der Walin ab. *Ich kann nicht mehr, Walin. Ich bin müde. Es tut mir so leid.* Mein Kopf wird schwer. Ich rieche meine Walin. Das Meer, das Salz und das Andere. Was ist das? Es ist leicht süßlich, aber schneidend. Es ist ein unangenehmer Geruch. Ohne meine Hand von ihrer Haut zu nehmen, gehe ich zwei Schritte und knie mich vor ihrem Auge hin. Ich küsse ihr Lid und hoffe, ein Zucken unter meinen Lippen zu spüren. Aber da ist nichts. Meine Stirn fällt nach vorn und bleibt über dem Auge der Walin liegen. Da ist er wieder, dieser andere Geruch. Süßlich, alt, faulig. Mir wird übel und das Vogelgezwitscher beginnt in meinen Ohren zu dröhnen. *Warum bist du hergekommen, Walin*, frage ich leise. *Warum hast du mich ausgesucht? Hast du wirklich daran geglaubt, dass ich dich retten kann? Oder bist du einfach meinem Wunsch gefolgt? Habe ich mir einfach so sehr gewünscht, dass du bei mir wärst? Warum sagst du nichts? Warum lässt du mich jetzt allein? Ich will alles tun, dass du mich nicht allein lässt. Du hättest mir doch nur sagen müssen, zeigen müssen, was du brauchst, bevor es zu spät ist. Ich hätte alles getan. Aber ohne deine Hilfe war ich nicht zu mehr als Dummheit und Verzweiflung imstande. Aber ich will dir gar keine Vorwürfe machen, Walin. Du bist eine Walin, du kannst nicht sprechen.* Ich lege meine Hände auf ihr Gesicht und vergrabe meine Stirn über ihrem Auge. Sie riecht immer noch wie meine Walin, nach Salz und nach Meer. Die faulige Note ist fast verschwunden. Meine Finger fahren über ihre Haut. Ich fühle jede glatte Stelle, jeden Riss, jede Unebenheit und es ist, als würden meine Finger über alle Freude und alle Trauer dieser Erde fahren. Behutsam drücke ich meine Lippen auf ihr geschlossenes Lid und schmecke das Salz auf ihrer Haut. Ich muss weinen. Schlaff, kraftlos rutschen meine Hände an der Walin herab und klatschen auf die Wasseroberfläche. Dann versinken sie langsam im Blau. *Ich wollte dich retten, Walin, und ich habe es nicht einmal bemerkt, als du gestorben bist.*

Ich weiß nicht, wie lange ich neben der Walin gekniet habe, aber als ich aufstehen will, geht es nicht. Meine Beine sind eingeschlafen und vollkommen taub. Umständlich rapple ich mich hoch. Ich lehne mich an die Walin und knete meine Schenkel. Meine Beine kribbeln. Nach ein paar Minuten wird es besser. Ich stehe. Was jetzt? In meinem Kopf ist nichts. Ich starre auf das Wasser, die gekräuselte Oberfläche, auf den rotschimmernden Teppich darunter, auf das blasse Gesicht der Walin, das geschlossene Lid. In den letzten Stunden wusste ich immer, was zu tun ist. Jetzt weiß ich nichts mehr. Ich höre wieder die Vögel zwitschern. Wie ignorant sie gegenüber allem sind, was passiert. Alles ist ihnen egal. Das, was der Walin passiert, das zerbrochene Fenster, das Wasser. Es interessiert sie nicht. Es ist in ihrer Welt bedeutungslos. Müde schiebe ich mich durch das kalte Wasser ins Bad. Ich gehe zur Dusche. Unten im Abfluss steckt ein weißes Handtuch. Ich beuge mich hinunter und will es herausziehen. Es ist schwer vom Wasser und steckt fest. Erst, als ich meine ganze verbliebene Kraft aufwende, kann ich es herausziehen. Ich spüre den Sog an den Zehen, der das Wasser hinunter in den Abfluss zieht. Ein kleiner Wirbel bildet sich. Er dreht sich schnell und wiegt sich hin und her.

Als ich meinen Blick aufrichte, sehe ich zum ersten Mal, was das Wasser angerichtet hat. Eine Packung Duschbad schwimmt auf der Wasseroberfläche, daneben das Shampoo und der Badreiniger. Das Toilettenpapier hat sich in schwammige Fetzen aufgelöst, die im Wasser treiben. Der Rasierspiegel liegt im Waschbecken. Eine Ecke ist herausgebrochen. Den Becher mit der Zahnbürste und der Zahnpasta kann ich nicht entdecken. Im Wohnzimmer sind die Tapeten aufgeweicht und lösen sich in Bahnen von den Wänden. Ein Müllsack und dessen Inhalt schwimmen in der offenen Küche auf dem Wasser. Es stinkt. Die Sperrholztüren des Küchenschranks stehen offen und sind aufgequollen. Ein durchnässtes italienisches Kochbuch liegt aufgeschlagen auf der Anrichte. Leber venezianischer Art. Aus der Schublade mit dem Besteck tropft Wasser. Früher oder später werde ich alles aufräumen müssen, denke ich und fühle, wie mich Müdigkeit und Selbsthass überkommen. Ich hasse mich dafür, jetzt an so etwas Banales wie Aufräumen zu denken. Wie kann ich jetzt ans Aufräumen denken? Jetzt, wo gerade die Walin gestorben ist. Ich bin ein scheußlicher Mensch und ich bin müde. Warum bin ich denn müde? In den letzten Stunden war ich doch nur ohnmächtig oder habe geschlafen. Wie kann ich da müde sein? Ein bisschen ausruhen. Nur ein bisschen. Nur kurz diesen Körper nicht mehr spüren, nur einen Moment nicht diese Gedanken denken müssen. Schlafen, ein bisschen schlafen und vergessen. Obwohl ich mich dafür hasse, schleppe ich mich zum Sofa und lasse mich fallen. Kurz wird mir schwindelig und ich muss mich auf ein Stück Tapete, das von der Wand hängt, konzentrieren. Der Schwindel lässt nach und ich kann mich entspannen. Die

Sitzflächen sind klitschnass und Wasser suppt aus den Polstern, wenn ich mich bewege. Es ist kalt. Vielleicht sollte ich mir eine Decke nehmen. Aber ich werde keine trockene finden. Ich will noch etwas gegen die Kälte unternehmen, als mir schon die Augen zufallen und ich wegdämmere.

Ich schlage die Augen auf. Ich liege im Bett und schaue an die Decke. Es ist dunkel. Ich liege unter der Bettdecke. Das Bett ist warm und trocken. Ich fühle, dass du neben mir liegst. Ich fühle es und gleichzeitig hasse ich mich dafür, weil mir klar ist, dass das nicht sein kann. Du kannst nicht da sein. Trotzdem drehe ich mich zu dir um. Da liegst du. Im Dunkeln. Ich sehe deine Konturen. Du liegst neben mir im Bett. Du bist wirklich da. Ich rieche dich. Ich rieche das Meer und das Salz. Ich bin so glücklich. Und du bist so nah. Ich muss nur meine Hand nach dir ausstrecken. Ich stelle mir vor, wie weich deine Haut ist. Ich stelle mir vor, wie ich dich streichele. Ich lupfe die Decke zurück und schiebe meine Hand in deine Richtung. Meine Fingerspitzen berühren dich. Ein Donnern. Ein Blitz. Eine Explosion. Es pfeift in meinen Ohren. Ich kann nichts sehen. Alles ist weiß. Ich versuche die Augen aufzureißen, aber ich sehe nichts. Wo bist du? Ich strecke meine Hand nach dir aus. Ich fühle etwas Warmes, Feuchtes. Jetzt beginne ich auch wieder zu sehen. Da sind Konturen. Da bist du. Die Linie deines Rückens. Wo ist meine Hand? Sie tastet. Warum ist sie feucht? Etwas ist anders. Meine Hand ist in dir. Jetzt. Ich sehe es. Da ist ein riesiges Loch in deiner Seite. Meine Finger tasten über zerfetzte Haut. Du hast ein Loch in dir und es quillt ein fauliger Geruch heraus.

Panisch schlage ich die Augen auf. Ein Traum. Ein böser Traum. Aber der Geruch aus dem Traum, er klebt mir in der Nase. Wie kann ein Geruch aus einem Traum in die Realität herüberwehen? Das geht nicht. Langsam hebe ich den Kopf von den Sofapolstern. Mir wird übel. Ich weiß nicht, ob es die Gehirnerschütterung ist oder der Geruch. Dann sehe ich es. Im Körper der Walin klafft wirklich ein Krater. Ihre Haut hängt in Fetzen an den Rändern herunter. Rotes und braunes Fleisch quillt aus dem Loch heraus. Ich hatte davon gehört. Eine Walexplosion. Die Gase, die im Verwesungsprozess entstehen, können bei einem Wal explosionsartig entweichen. Eigentlich ist es entsetzlich, aber ich fühle kein Entsetzen. Ich fühle nichts. Ich bin kalt. Da ist nur ein absurder, leuchtender Gedanke. Ich denke, das wird schon wieder. Ich denke, wir werden eine Lösung finden. In mir ist kein Schmerz, nur eine tiefe Sehnsucht.

Im Laufe des Tages ist das Wasser aus der Wohnung verschwunden. Hier und da stehen noch kleine Pfützen, das Sofa ist nass und der Teppich schmatzt, wenn ich darüber laufe. Es wird wohl eine ganze Zeit dauern, bis die Wände wieder trocken sind, obwohl sie kurz unter der Zimmerdecke schon wieder deutlich heller aussehen als noch vor ein paar Stunden. Mit einem Besen versuche ich das verbleibende Wasser in Richtung

Badezimmerausguss zu schieben. Das Aufräumen lenkt mich zumindest zeitweise davon ab, dass die Walin mit einem klaffenden Loch in ihrer Seite in meinem Wohnzimmer liegt. Wenn ich das Wasser vor mir hertreibe, mir dabei schwindlig wird und mir die Arme wehtun, vergesse ich sekundenweise, dass sie tot ist. Sogar den Geruch, der mir vor ein paar Stunden aufdringlich in die Nase stieg, nehme ich kaum noch wahr. Bei der Arbeit ist mir so, als wäre das alles gar nicht wahr, als könnte ich mit dem Aufräumen alles ungeschehen machen.

Im Badezimmer schiebe ich mit dem Besen letzte kleine Wellen über die Fliesen, die glucksend im Ausguss verschwinden. Ich verzichte darauf, Bad und Wohnzimmer trocken zu wischen. Durch das kaputte Fenster weht ein lauer Wind herein. Der hat schon längst diese Aufgabe übernommen. Als nächstes suche ich alle Handtücher, Decken und die Bettwäsche zusammen, mit denen ich Ausgüsse und Ritzen verstopft habe. In einer gelben Plastikschüssel trage ich den triefenden Stoffberg ins Bad und kippe ihn auf die Fliesen. Es klatscht. Ich nehme ein geblümtes Handtuch und versuche es auszuwringen. Der Frotteestoff wiegt schwer in meinen Händen und mir fehlt die Kraft, den nassen Stoff in sich zu verdrehen. Meine Unterarme sind bleiern. Ich lasse das Handtuch zurück auf den Stoffberg klatschen und setze mich auf den Toilettendeckel. Mir ist immer noch schwindelig und ich fühle mich leer. Wann habe ich eigentlich das letzte Mal etwas gegessen?

Am Montag wollte ich frühstücken, aber ich kam nicht dazu. Später die Würstchen. Zwei Bissen. Welchen Tag haben wir? Ich muss schon eine Ewigkeit nichts gegessen haben, aber Hunger habe ich auch keinen. Da sind nur der Schwindel und das leere Gefühl.

Wie ein alter Mann bücke ich mich und zerre eine Decke aus dem Haufen. Sie ist schwer und ich hieve sie mit zitternden Armen über die Wäscheleine. Die Leine hängt unter der Last in einem tiefen Bogen durch. Erschöpft lasse ich mich auf dem Toilettendeckel nieder und lausche dem leisen Konzert der Tropfen.

Zurück im Wohnzimmer fällt mein Blick auf die Walin. Ihre Haut ist fahl. Die Farbe, die sie noch vor ein paar Tagen hatte, ist ganz aus ihrer Haut gewichen. Sie wirkt kleiner, irgendwie eingefallen. Ich beiße mir auf die Lippen, kneife die Augen zusammen und schaue durch das Loch in der Wand nach draußen. Wenn ich die tote Walin sehe, fürchte ich, mich aufzulösen. Das Wissen darum, dass sie gegangen ist und nicht zurückkommt, spült mich weg. Es ist, als wäre die Walin eine Hülle, die mich zusammengehalten hat. Jetzt ist diese Hülle weg und da ist nichts mehr, was mir Halt gibt. Die Walin war doch nur ein Tier, das seltsamerweise zu mir gefunden hat und jetzt fühlt es sich an, als wäre sie die Haut, die mein Leben zusammenhält. Obwohl es mir vollkommen unverständlich vorkommt, vollkommen irrational ist, ist es genau so. Ich fühle es so und so wie ich es fühle, erscheint es mir als eine unumstößliche Wahrheit.

Draußen ist es dämmrig geworden. Die Sonne verschwindet schon hinter den Häusern und das letzte Licht des Tages bringt die roten Dächer in der Nachbarschaft zum Glühen. Das ist das letzte Mal. Das ist die letzte Nacht. Ich weiß nicht, woher der Gedanke kommt. Aber er ist auf einmal da und ganz klar. Die Nacht, die jetzt anbricht, ist die letzte Nacht mit meiner Walin.

Ich darf auf keinen Fall schlafen. Ich muss jede Sekunde mit ihr verbringen. Wenn ich sie nicht retten kann, muss ich mir wenigstens alles an ihr einprägen. Ich muss so viel von ihr festhalten, wie ich kann. Ich muss ihr jetzt so nah sein, wie es nur geht.

Nervös reibe ich meine Finger aneinander und spüre wieder, wie kalt mir ist. Etwas in mir bäumt sich auf. Dieses Etwas will immer noch nicht akzeptieren, dass die Walin tot ist. Dieses Etwas sucht verzweifelt nach einer Lösung. Hastig rasen die Gedanken durch meinen Kopf. Was wäre gewesen, wenn die Walin nicht zu mir gekommen wäre? Sie würde noch leben. Was wäre, wenn ich die Polizei hätte herein lassen können? Die Walin würde noch leben. Was wäre gewesen, hätte ich gleich das Wohnzimmer geflutet und das Fenster hätte gehalten? Die Walin würde noch leben. Meine Gedanken rotieren so schnell, dass mir schwindelig wird. Ich schließe die Augen und atme langsamer. Da ist die Walin. Sie schwebt in einem dunklen Blau hinter einer Scheibe, direkt vor mir. Sie ist wunderschön. Sie sieht mich an und ich habe das Gefühl, sie spricht zu mir. Für immer möchte ich dieses Bild festhalten, aber es verfliegt, als ich die Augen aufschlage.

Mein Blick ruht auf dem Loch in der Flanke der Walin. Es ist ein rotbrauner Krater, an dem ledrige Fetzen grauer Haut herunterhängen. Das Loch ist nicht schön, aber von ihm geht etwas seltsam Starkes aus. Etwas, das mich anzieht. Ich richte mich auf und schaue an mir herunter. Meine Haut ist weiß, meine Zehen und Finger sind von der Kälte bläulich verfärbt. Mein Bauch wölbt sich nach innen und die spärlichen Haare über meiner Scham kamen mir noch nie so dünn vor. Ich stakse zur Walin und streichle ihr Gesicht. Obwohl ihre Haut rau und kalt ist, obwohl alles Leben aus ihr verschwunden ist, habe ich das Gefühl, dass die Walin hier, dass sie bei mir ist, dass wir jetzt zusammen sind und nichts uns trennen kann. Meine Finger wandern langsam an ihr entlang bis sie das Loch erreichen. Vorsichtig fahre ich über die Hautfetzen. Erst nur außen, dann ertasten meine Finger den Hohlraum. Ich führe meine Hand hinein in das weiche Dunkel bis sie verschwunden ist. Dann schiebe ich meinen Arm hinterher, der wie selbstverständlich Platz findet. Neugierig beuge ich mich nach vorn und stekke meinen Kopf in das Loch, um zu sehen, wie es von innen aussieht. Obwohl mir der faulige Geruch hier noch stärker entgegenschlägt, tauche ich meinen Kopf in die Dunkelheit des Bauches der Walin. Das Loch ist groß wie eine dunkelrote Höhle, die dazu einlädt, in sie hineinzukriechen. Meine Schultern füllen das Loch fast aus. Trotzdem gleiten sie ohne Widerstand hindurch. Die Höhle, die sich vor mir ausbreitet ist finster. Ich stoße mich ein wenig mit den Beinen vom Teppichboden ab und suche mit meinen Händen in der Walin nach Halt. Ich greife in ihr Fleisch und ziehe so erst meine Brust, dann meinen Bauch und meine Hüften und schließlich auch meine Beine ganz hinein. Hier in der Walin ist es schön. Ich habe das Gefühl, dass sie mich ganz umfasst. Sie hält mich. Sie wärmt mich. Langsam lösen sich die Verspannungen in meinen Muskeln. Das Frieren klingt ab und ich fühle Wärme und Sicherheit. So beschützt, rolle ich mich in der Walin zusammen und schaue aus dem Loch in ihrer Seite hinaus zum Fenster, in dem gerade das letzte Licht des Tages verschwindet. Noch nie, denke ich, habe ich mich so erfüllt gefühlt, so sicher, so verstanden, so richtig. So traurig.

Ich öffne die Augen.

Und da ist nichts.

Gleißendes Licht. Ich kneife die Augen zu. Alles ist weiß. Da sind Stimmen. Männer. Wo bin ich? Es ist furchtbar kalt. Es zieht. Was ist hier los? Ich will mich aufrichten. Eine Hand drückt mir auf den Brustkorb. *Bleiben Sie liegen*, sagt eine sonore Stimme. *Er ist bei Bewusstsein. Wann kommt der Arzt?* Schemenhaft erkenne ich einen Mann. Er kniet über mir. In der Hand hält er eine Taschenlampe. Hinter ihm wandern Lichtkegel durch den Raum. Da ist das Sofa. Die kaputte Stehlampe. Alles blitzt kurz auf und verschwindet dann wieder im Dunkeln. Murmeln. Rufe. *Hier entlang. Da ist er. Er ist vollkommen unterkühlt. Wahrscheinlich dehydriert.* Ein anderes Gesicht beugt sich über mich. Wieder grelles Licht. Ich kneife die Augen zu. Bunte Punkte schwimmen in Weiß. Ich fühle Finger an meinem Hals. Was machen Sie da, möchte ich fragen, aber ich kann meinen Mund nicht öffnen. Was passiert mit mir? Wer sind diese Menschen? Was ist mit der Walin? Ich will mich wieder aufrichten, aber es geht nicht. *Wir beruhigen ihn ein bisschen*, sagt der Mann und nimmt seine Finger von meinem Hals. Beruhigen, was soll das heißen? Ich versuche die Lippen zu öffnen und zu sprechen, aber es kommt nur unverständliches Krächzen aus meinem Mund. Dann pikt es kurz in meinem Arm. Ich drehe meinen Kopf und sehe wie eine Nadel in meiner Haut steckt. Ich will den Arm heben, aber er wird auf einmal ganz schwer.

Benommen öffne ich die Augen. Alles ist verschwommen. Neblig. Ich will mir mit den Händen über die

Augen reiben, aber ich kann meine Arme nicht bewegen. Ich versuche, langsam den Kopf zu drehen, um mich umzuschauen. Das geht. Ich bin in meinem Wohnzimmer. Da ist die Walin. Das Loch klafft in ihrer Flanke. Sie sieht so klein und blass aus. Ich höre Stimmen. Langsam drehe ich den Kopf zum Fenster. Ein Mann klettert hindurch. Er trägt etwas Schwarzes. Er zieht es durch das Fenster. Dann kommt noch ein Mann, und noch einer, und noch einer, und noch einer. Alle tragen ein schwarzes langes Ding in mein Wohnzimmer. Eine Plane. Einen Sack. Sie legen es ab und beginnen damit, die Möbel in der Wohnung umzustellen. Die umgeworfene Stehlampe, den Beistelltisch. Alles räumen sie zur Seite. Jetzt kommen sie zu mir. Ihre Gesichter sind hart und konzentriert. Sie bücken sich und heben das Sofa, auf dem ich liege, hoch und stellen uns an die Wand. Dabei nehmen sie überhaupt keine Notiz von mir. Sie beschäftigen sich nur mit dem Raum. Sie haben Platz geschaffen. Im Wohnzimmer befindet sich jetzt eine große, freie Fläche direkt vor der Walin. Dort rollen sie das schwarze Ding aus. Es ist ein Sack mit einem großen Reißverschluss in der Mitte. Einer der Männer holt eine schwarze Tasche herein. Er klappt sie auf und nimmt Seile heraus – Seile mit Metallhaken an den Enden. Haken, wie man sie zum Angeln verwendet, nur viel größer. Was haben sie vor? Ich merke, wie mir der Schweiß auf der Stirn perlt. Ich will mich bewegen, aber es geht nicht. Ich versuche, den Mund zu öffnen, aber da ist wieder nur ein Gurgeln und Krächzen. *Er ist wach*, sagt einer der Männer. *Wann kommt der Arzt? Ich glaub', dem geht's nicht so gut.* Der Mann sieht mich kurz an und verteilt dann weiter die Seile an seine Kollegen. Die Männer stehen mit den handgroßen Haken in der Hand vor der Walin. Sie deuten auf verschiedene Stellen auf ihrem Rücken und nicken sich gegenseitig zu. Was wollen sie mit meiner Walin machen? Dann schlägt der erste seinen Haken hinter der Finne der Walin in ihre Haut. Fast lautlos gleitet das scharfe Metall in ihr Fleisch. Der Mann hängt sich in das Seil und zieht. Jetzt gräbt sich der Haken tief in die Walin. Ich beginne zu zittern und drehe mich auf die Seite. Es kostet mich alle Kraft, die ich noch habe. Ich gurgle und krächze, bis sich einer der Männer zu mir umdreht. *Wo bleibt denn der Arzt*, ruft er. Ich versuche, mich aufzurichten. Ich muss ihnen sagen, dass sie das nicht tun können. Sie können mir meine Walin nicht wegnehmen. Sie dürfen das nicht. Es dröhnt. Kracht. Hämmert. Wellen aus rasendem Kopfschmerz branden gegen meine Stirn. Die Kraft schwindet aus meinen Armen. Ich sacke zusammen. Alles verschwimmt.

Ich öffne die Augen. Da ist die Zimmerdecke, hell vom Tageslicht. Ein kühler Luftzug auf meinem Gesicht. Der Kopfschmerz schreit nicht mehr. Da ist nur noch ein leichtes Stechen hinter der Stirn. Das Dröhnen ist noch da und die Männerstimmen, die sich Wörter zurufen. Was machen sie jetzt? Ich nehme alle Kraft zusammen und drehe meinen Kopf. Nur ein bisschen, dass ich das Wohnzimmer erfassen kann. In der Mitte des Wohnzimmers liegt ein schwarzer Berg. Einen kurzen Moment brauche ich, bis im Nebel meiner Gedanken eine Vermutung auftaucht. Ich drehe den Kopf noch ein Stück weiter in den Raum. Die Walin. Sie ist weg. Sie haben die Walin in den schwarzen Sack gezerrt. Die stechenden Kopfschmerzen vermischen sich mit Panik. Meine Walin! Mir wird übel. Ein Leichensack. Sie nehmen mir meine Walin weg. Plötzlich bricht der Lärm ab. Was passiert jetzt? Ich versuche, mich zu konzentrieren, drehe den Kopf zum Fenster. Da steht ein Mann mit einem Bohrhammer in der Hand und da wo mein Fenster war, sind jetzt die Dächer der Nachbarhäuser und der goldschimmernde Himmel des frühen Abends. Der Mann hat fast die ganze Außenwand meines Wohnzimmers weggestemmt. Er legt den Bohrhammer weg und winkt nach draußen. Wem winkt er? Ein Stahlseil mit allerlei Gurten schwebt vor dem Loch herunter. Da draußen muss ein Kran stehen, denke ich. Sie wollen meine Walin mit einem Kran durch das Loch in der Wand heben. Der Mann greift nach den Gurten und zieht sie ins Zimmer. Was soll ich jetzt tun? Ich kann nicht zulassen, dass sie die Walin einfach so verschwinden lassen. Während die Männer die Gurte um den schwarzen Sack legen, Karabiner einhaken und alles festzurren, richte ich mich langsam und stumm auf. Es kostet mich viel Mühe, mich hinzusetzen. Ich muss sehr erschöpft sein. Eigentlich ist überhaupt nicht daran zu denken, mich hinzustellen, trotzdem versuche ich es. Meine Beine sind zittrig.

Aber ich schaffe es, mich am Sofa abgestützt, aufzustehen. Die Männer sind so in ihre Arbeit vertieft, dass sie mich nicht bemerken. Vorsichtig lasse ich das Sofa los. Ich stehe. Dann mache ich den ersten Schritt zur Walin. Ich will mich verabschieden. Jetzt hat mich einer der Männer bemerkt und sieht mich an. *Hey, was machen Sie da! Sie sollten lieber liegen bleiben.* Ich hebe die Hand und will etwas sagen, aber da wird mir schwindelig und ich schlage der Länge nach auf den Boden.

Als ich die Augen wieder öffne, fühle ich nichts. Ein Arzt kniet vor mir. Ich liege immer noch auf dem Boden. Warum ist es so kalt? Es war doch die ganzen Tage nicht so kalt wie jetzt. Was ist denn passiert? *Na, Sie sind ein zäher Bursche. Wir bringen Sie gleich ins Krankenhaus.* Die Stimme des Arztes ist ruhig. Sein Gesicht ist freundlich.

Die Walin?, flüstere ich.

Die Stirn des Arztes legt sich kurz in Falten, dann lächelt er. *Das wird schon wieder. In ein paar Tagen sieht das schon ganz anders aus.* Er steht auf und winkt zwei Sanitäter heran. Sie greifen mir unter die Arme und stellen mich vorsichtig auf die Beine. *Kommen Sie, die Kollegen bringen Sie ins Krankenhaus*, sagt der Arzt.

Walin?, flüstere ich. Flüchtig huscht der Blick des Arztes in Richtung des riesigen Loches in der Wand. Draußen über den Dächern schwebt vor dem roten Abendhimmel ein schwarzer Sack an einem Kran. Meine Walin, denke ich. Ich versuche, mich von den Sanitätern zu befreien, aber ihre Griffe schließen sich nur fester um meine Arme. *Bitte,* murmle ich, *ich will nicht weg. Lassen Sie mich hier.* Der Arzt schaut mich ernst an und wechselt einen Blick mit den Sanitätern. *Kommen Sie. Sie müssen sich ausruhen*, sagt der Arzt.

Ich wache auf und spüre ein Stechen im linken Handrücken. Obwohl ich die Augen öffne, kann ich nichts erkennen. Alle Konturen verschwimmen in einem Nebel, der sich nur langsam lichtet. Ich liege im Bett. Die Schlafzimmertür ist angelehnt. Es ist hell. Draußen ist Tag. Der Himmel ist wolkenverhangen. Ich will meine Hand sehen und drehe meinen Kopf. Er ist schwer. Eine Nadel steckt in meinem Handrücken. Darüber klebt ein weißes Pflaster. Die Nadel führt in eine Kanüle und die in einen durchsichtigen Schlauch, der aus einem Beutel mit klarer Flüssigkeit kommt.

Was ist passiert? Das letzte, woran ich mich erinnere, ist die Höhle in der Walin, das Loch in ihrer Flanke, in das ich mich verkrochen habe. Da war dieser süßliche Duft und die Dunkelheit und dieses schöne Gefühl. Wie bin ich in mein Bett gekommen? Moment. Da waren Männer. Metallhaken. Ein schwarzer Sack. Ein großes Loch in der Wand. Düstere Bilder huschen durch meine Gedanken. Augenblicklich bin ich wach und setze mich auf. Das war keine gute Idee. Mir wird schwindlig und ich habe das Gefühl, mich übergeben zu müssen. Ich lege mich vorsichtig zurück ins Kissen und versuche ruhig zu atmen. Die Übelkeit und der Schwindel klingen ab. Vorsichtig hebe ich den Kopf und versuche durch den Türspalt zu spähen. Ich kann durch die schmale Lücke nichts sehen. Wenn noch jemand hier ist, dann muss ich mit der Person sprechen. Schließlich hat er oder sie die Walin gesehen. Ich richte mich langsam auf. Ich setze die Füße auf den Boden und versuche aufzustehen. Meine Knie sind wacklig, aber ich kann stehen. Nach dem ersten zaghaften Schritt reißt es an meiner Hand. Die Kanüle. Der Schmerz pulsiert unter der Haut. Obwohl es blutet, steckt die Nadel noch einigermaßen fest in meinem Handrücken. Der Beutel mit der Flüssigkeit hängt an einem Stativ. Es hat Rollen. Ich greife nach der Metallstange und bewege es vor und zurück. Ja, ich kann damit laufen. Behutsam setze ich einen Fuß vor den anderen. Nur kleine Schritte, sage ich mir und schaue dabei an mir herunter. Meine Beine stecken in Schlafanzughosen. Jemand muss mich angezogen haben.

Als ich die angelehnte Schlafzimmertür erreiche, interessiert mich plötzlich nicht mehr, wer hier war oder ist, ich will nur noch die Walin sehen und gebe der Tür einen Stups. Langsam schwingt sie auf und gibt den Blick ins Wohnzimmer frei. Ich stehe da wie betäubt. Ein kühler Luftzug weht mir entgegen. Das kaputte Fenster, denke ich und schaue hinüber zur Wand. Aber da wo das Fenster war, klafft ein riesiges Loch. Es ist mehrere Meter breit und reicht vom Fußboden bis auf meine Brusthöhe. Meine Knie werden weich und ich kralle mich mit aller Kraft an der Metallstange fest. Ich merke, wie meine Kraft schwindet und lehne mich in den Türrahmen. Dort sacke ich langsam zu Boden. Dann höre ich die Toilettenspülung und kurz darauf öffnet Herr Blumenthal die Badezimmertür. Sein Blick fällt auf mich und sofort kommt er zu mir.

Warten Sie, ich helfe Ihnen auf, sagt er und greift mir fest unter die Arme. Ich fühle mich kraftlos und hänge wie ein nasser Sack in seinem Griff. Fast mühelos stellt er mich wieder auf die Beine. *Geht's?*, fragt er und schaut mich besorgt an. Ich nicke und kann seinem Blick kaum standhalten. Es tut mir so leid, dass ich ihn angebrüllt habe. *Kommen Sie*, sagt er und führt mich behutsam zum Sofa. *Setzen Sie sich.* Ich starre auf meine Füße. *Wie geht es Ihnen?*, fragt er. Ich kann nichts sagen und muss an das Loch in der Wand denken. An das Loch und warum es da ist. *Sie haben so fest geschlafen*, sagt Herr Blumenthal. *Fast einen ganzen Tag. Der Arzt meinte, das könnte wegen der Erschöpfung passieren. Aber es ist alles in Ordnung mit Ihnen. Der Arzt hat auch gesagt, sie müssen sich ausruhen, warm halten und wieder zu Kräften kommen. Sie waren unterkühlt. Ich meinte, dass ich auf Sie aufpassen kann. Deshalb mussten Sie nicht ins Krankenhaus. Man hat den Wal abgeholt*, sagt mein Nachbar kurz. Seine Stimme klingt nicht verwundert. Er sagt Wal, wie man totes Tier oder kaputtes Auto sagt. *Ich wusste nicht mehr, was ich tun sollte*, sagt er. *Als ich das zerbrochene Fenster, die Glasscherben und das ganze Wasser gesehen habe, habe ich die Polizei verständigt. Die haben versucht, die Tür aufzubrechen. Aber das ging nicht. Dann kam die Feuerwehr. Mit einer Leiter sind sie durch das Fenster. Ein Polizist war vollkommen erschrocken. Er hat angefangen, sich Vorwürfe zu machen und wurde von seinen Kollegen weggeschickt. Und Sie, Sie waren nicht da. Wir haben Sie gesucht. Es war uns ein*

Rätsel, wo Sie sein könnten. Die Tür war versperrt und aus dem Fenster konnten Sie kaum geklettert sein. Ich habe Sie gefunden – in dem Loch. Sie haben geschlafen – lächelnd wie ein kleines Kind. Als die Feuerwehr versucht hat, Sie aus dem Wal herauszuziehen, sind Sie wachgeworden und haben versucht, sich zu wehren, aber Sie waren schon ganz schwach. Der Notarzt hat Ihnen ein Beruhigungsmittel gegeben. Später haben wir Sie ins Bett gebracht. Sie haben immer wieder gesagt, dass Sie alles getan haben, um den Wal zu retten. Dann sind Sie eingeschlafen.

Ich höre Herrn Blumenthal aufmerksam zu. Er ist ruhig. Er erzählt alles, als wäre er wirklich dabei gewesen. *Die Walin*, frage ich, *sie haben sie abgeholt, oder? Die Walin*, murmelt er und schaut zu Boden, *das haben Sie ein paar Mal gesagt. Sie haben nicht Wal, sondern Walin gesagt.* Dann schaut er mich an. *Ja, sie haben die Walin abgeholt. Sie mussten ein Loch in die Wand brechen. Dann haben sie den Wal in eine Plane eingeschlagen und mit einem Kran durch das Loch in der Wand gezogen.* Besorgt schaut mich mein Nachbar an. Seine Stirn liegt in Falten. *Ist alles in Ordnung?*, fragt er. In meinem Inneren breitet sich Dunkelheit aus. Sie erfüllt meinen Bauch, meine Brust und meinen Kopf.

Sie haben die Walin also gesehen, sage ich und Herr Blumenthal nickt.

Er legt mir seine Hand auf die Schulter und sagt, *ja, ich habe die Walin gesehen. Sie lag da* und er deutet mit seinem Zeigefinger in Richtung der Eingangstür.

Draußen regnet es. Ich habe meinen Nachbarn gebeten, mich allein zu lassen und ihm angeboten, dass wir nächste Woche über den Wasserschaden in seiner Wohnung sprechen können. Das hat Zeit, hat er gesagt.

Ich sitze immer noch auf dem Sofa und starre in das Loch in der Wand. Gestern Abend habe ich mich im Bauch der Walin verkrochen. Ich habe sie gerochen und gefühlt. Ich bin in ihr eingeschlafen. Jetzt ist die Walin weg. Von ihr ist nichts mehr hier. Kein Abdruck auf dem Boden, kein Stück ihrer Haut, nicht mal ihr Geruch. Nur die durchnässte, verwüstete Wohnung und das riesige Loch in der Wand sagen mir, dass die Walin hier war. Vielleicht träume ich ja.

Vielleicht muss ich nur die Augen aufschlagen. Dann sehe ich mein Wohnzimmer. Es steht ganz unter Wasser, bis unter die Decke. Die Walin gleitet in ruhigen Bahnen am Fenster und am Sofa vorbei. Ich muss nur meine Hand ausstrecken und berühre ihre weiche Haut, wenn sie an mir vorbeizieht. Ich sehe ihre schwarzen Augen, ihr Zwinkern. Ich schmecke ihre Lippen. Obwohl ich auf ein Loch in der Wand starre, hinter dem der Regen rauscht, schwimme ich zusammen mit der Walin in meinem Wohnzimmer. Es ist gerade so, als würde ich zwei Leben leben – eines in meinem Kopf und eines in meinem Körper, der friert und erschöpft ist.

Was soll ich jetzt tun? Aufräumen? Mich in das trokkene Bett legen und mich aufwärmen? Schlafen? Alle diese Gedanken fühlen sich stumpf und leer an, banal und unwichtig. Sie wären eine Ablenkung. Nichts davon ließe mich vergessen, dass die Walin fort ist. Trotzdem stehe ich auf, schaue mich um und beginne ziellos in der Wohnung umherzulaufen. Ich nehme die Tapete im Wohnzimmer genauer in Augenschein und zupfe an einer Bahn, die sich bereits abzulösen beginnt. Ohne Mühe ziehe ich sie in einem Stück herunter. Der Kleister muss sich vollkommen aufgelöst haben. Ich werde renovieren müssen. Allein der Gedanke, in den Baumarkt zu fahren, lässt meinen Kopf bleischwer werden und saugt mir jeden Rest Energie aus dem Körper. Ich schlurfe zum Sicherungskasten. Er scheint einigermaßen trocken zu sein, also drücke ich wieder alle Sicherungen rein. Dann gehe ich zur Nachttischlampe, die noch am Boden liegt, schiebe den Stecker in die Dose und knipse sie an. Nichts passiert. Ich hebe die Lampe auf und stelle sie neben das Sofa. Dann gehe ich ins Schlafzimmer, um meinen Laptop zu überprüfen. Eigentlich bin ich mir sicher, dass er nicht mehr funktioniert. Als ich ihn aber aufklappe, sehe ich die Aufforderung zur Passworteingabe. Überrascht sehe ich mich im Schlafzimmer um. Hier ist alles erstaunlich trocken geblieben. Es muss geholfen haben, die Tür mit dem Handtuch abzudichten. Renovieren muss ich aber trotzdem. Über den Scheuerleisten wellt sich auch hier die Tapete. Ich setze mich auf den Bürostuhl und gebe mein Passwort ein. Dann sehe ich den Text, den ich vor ein paar Tagen geschrieben habe. Jungen, die auf den Gillis tauchen, und Meeresschildkröten für die Touristen aus der Tiefe holen. Ich habe den Absatz nicht beendet. Aber mir fallen sofort ein paar Sätze ein. Die Jungen halten die Schildkröten am Panzer fest und tragen sie bis kurz unter die Meeresoberfläche. Dahin, wo die Touristen mit ihren Schnorcheln und den beschlagenen Brillen warten. Sie halten den Touristen die Schildkröten einen Augenblick lang hin, dann lassen sie sie los. Die behäbigen Tiere schwingen ihre vier Flossen, drehen ab und gleiten ganz langsam wieder in die Tiefe. Lange schaut man ihnen hinterher. Viel länger noch, als man sie sehen kann. Man meint immer noch einen Schatten zu erkennen, aber die Schildkröten sind schon längst wieder verschwunden. Sie sind dort, wo das Blau ein Schwarz wird und kein Auge sie mehr sehen kann. In diesem Moment realisiert man erst, dass das Schwarz eine unfassbare Tiefe ist, die alles verschlucken kann. In diesem Augenblick durchfährt die meisten ein kalter Angstschauer und sie pissen ins Wasser, andere fühlen sich von der Tiefe angezogen und verspüren den Wunsch, tiefer hinabzutauchen, weil das, was sie im Dunkeln vermuten, sie anzieht. Ohne auf die Tastatur zu schauen, tippe ich die Sätze ein und schaue zu, wie die schwarzen Buchstaben das Dokument füllen. Für einen Augenblick ist die Leere, die Einsamkeit verschwunden. Ich klicke auf ‚speichern'. Mein Schreibprogramm schlägt mir das heutige Datum vor. Es ist Donnerstag. Drei Tage war die Walin also hier. Drei Tage. Es kommt mir so viel länger vor. Es kommt mir vor, als wäre es die Hälfte meines Lebens gewesen.

Ich schließe das Schreibprogramm und öffne meine Mails. Natürlich hat mir mein Chef geschrieben. Er hat den Auftrag abgegeben. In mehreren Mails beklagt er sich darüber, dass ich den Text nicht abgeliefert hätte und sogar die Frechheit besäße, mich nicht zu melden. Was hätte ich denn schreiben sollen? Ich habe einen Wal im Wohnzimmer. Den Text schicke ich nächste Woche, wenn er sich eingelebt hat. Ich werde etwas erfinden müssen. Eine Krankheit, Bauarbeiten, die das Internet lahmgelegt haben. Diese Erfindungen werden für meinen Chef glaubwürdiger sein, als die Wahrheit. Ich schreibe, dass es mir nicht gut geht. Ich entschuldige mich. Ich sage, ich konnte das Bett nicht verlassen. Absichtlich lasse ich ein paar Schreibfehler in den Text einfließen. Das soll meinen Zustand unterstreichen. Ich klicke auf ‚senden' und klappe den Laptop zu.

Müde schlurfe ich zum Bett und lege mich unter die Decke. Obwohl es nicht sehr kalt ist, friere ich. Ich friere die ganze Zeit, selbst unter der Decke. Draußen prasselt immer noch der Regen gegen das Fenster. Das ist schön. Ich mag dieses Geräusch. Langsam fallen mir die Augen zu und ich sehe vor mir die Walin, wie sie im Ozeanarium vor der Scheibe schwebt und ich ihr ganz nah bin.

Es ist 10.13 Uhr, als ich die Augen aufschlage. Eine ungewöhnliche Zeit, denke ich, aber sie ist mir vollkommen gleichgültig. Im Gegensatz zu gestern ist mir warm. Das merke ich als erstes. Ich fühle mich auch nicht so ausgelaugt. Sogar die Kopfschmerzen sind erträglich. Ich setze mich hin. Kein Schwindel. Dann stelle ich die Füße auf die Dielen und stehe auf. Meine Beine stehen sicher und meine Knie sind nicht so steif wie gestern. Ich bin ausgeruht. Kein Wunder. Ich habe fast einen ganzen Tag lang geschlafen. Draußen hat der Regen aufgehört und zwischen den weißen und grauen Wolken blitzt hellblauer Himmel hervor.

Mir kommt der Gedanke, dass ich mich an den Laptop setzen und vor dem Frühstück etwas schreiben könnte. Aber dieser Gedanke ist absurd. Ich habe keinen Auftrag. Außerdem habe ich mich gestern selbst krankgeschrieben. Da ich meinen Bademantel nicht finden kann, lege ich mir die Bettdecke um die Schultern und gehe ins Wohnzimmer. Als ich die Hand an die Klinke lege, lässt mich ein Gedanke erschaudern - ich weiß nicht, ob aus Angst oder Freude. Was, wenn die Walin jetzt im Wohnzimmer liegt? Einen Moment halte ich inne, dann ziehe ich die Tür auf und fühle gleichzeitig Enttäuschung und Erleichterung. Sie ist nicht da.

Die Wände im Wohnzimmer sind weiter getrocknet. Nur noch der untere Meter ist feucht. Auch der Teppich schmatzt nicht mehr, wenn ich darüber laufe. In der Küche hole ich ein Glas aus dem Schrank und fülle es mit Wasser. Mein Mund ist staubtrocken. Ich schütte das Wasser herunter. Fast tut es weh und gleichzeitig so gut. Sofort lasse ich das Glas noch einmal voll laufen und trinke gierig alles aus. Ich bekomme Hunger und ziehe den Kühlschrank auf. Sofort schlägt mir ein übler Fischgeruch entgegen und mir fällt die herausgedrehte Sicherung ein. Ich schlage die Kühlschranktür wieder zu und lehne mich an die Anrichte. Wenn ich frühstücken will, müsste ich einkaufen gehen, aber der Gedanke an das Gewimmel im Supermarkt, die schwere Tasche, den Heimweg und das Treppenhaus rauben mir alle Kraft. Kein Einkauf. Noch nicht jetzt. Ich könnte auch ausgehen und in einem Café oder bei einem Bäcker frühstükken. Augenblicklich schießt mir das Blut in den Kopf. Ich könnte beim Bäcker neben dem Ozeanarium frühstücken. Und dann könnte ich ins Ozeanarium gehen. Mir wird warm. Ich fühle, wie mein Herz trommelt und ich es kaum erwarten kann, aufzubrechen. Vor mir sehe ich den Kuchen in der Auslage, meinen Finger, wie er auf die Streuselschnecken deutet, die weiße Tischdecke, die Tasse mit dampfendem Kaffee, dann den Eingang des Ozeanariums, meine Hand, die die Saisonkarte zeigt, den dunklen Gang mit den kleinen schimmernden Bekken und dann die gewölbte Scheibe, hinter der es dunkelblau leuchtet. Ich reiße mich aus dem Tagtraum und starre auf das riesige, in der Wand klaffende Loch. Was denke ich mir da? Halte ich es wirklich für möglich, ins Ozeanarium zu gehen, so zu tun, als wäre nichts passiert?

Obwohl sich ein Teil von mir sicher ist, dass die Walin nicht in ihrem Becken sein wird, treibt mich ein anderer Teil ins Ozeanarium. Dieser Teil blendet aus, was gewesen ist, er verleugnet alles, er sagt nur: Geh.

Ich gehe ins Bad und betrachte mein Gesicht im Spiegelschrank. Grauschwarzer Stoppelbart, das Haar wirr und fettig. Ich sehe alt aus. Plötzlich wird mir klar, wie müde ich noch bin. Es geht mir besser als gestern, aber erholt bin ich nicht. Trotzdem ziehe ich mich aus und stelle mich unter die Dusche. Ich zucke zusammen, als mir das kalte Wasser über die Füße läuft, entspanne mich aber, als es einen Augenblick später warm wird. Das heiße Wasser auf der Haut tut gut. Trotz der Überflutung vor zwei Tagen liegt eine volle Flasche Duschgel noch im Körbchen. Das muss ein Zeichen sein, denke ich, öffne das Fläschchen und schäume mich ein. Es duftet vertraut, herb und sauber. Als ich fertig bin, greife ich nach einem der Handtücher, die ich zum Trocknen aufgehängt habe. Es riecht zwar nicht so frisch wie das Duschgel, aber es ist trocken. Jetzt der Bart. Ich ziehe den Spiegelschrank auf und nehme aus dem oberen Fach Rasierer und Schaum. Dann drehe ich den Wasserhahn auf. Der Bart ist so lang und hart, dass es eine Tortur wird, ihn abzurasieren. Ich lasse mehr Schaum als gewöhnlich in meine Hände quillen und ich massiere ihn tief in mein Gesicht. Es geht. Ich fahre mit der Klinge über die Haut und Stück für Stück verschwinden die Stoppeln. Als ich mir noch die Haare kämme, sehe ich fast wieder normal aus. Schließlich suche ich im Schlafzimmer frische Sachen. Zum Glück stand hier nur wenig Wasser, weshalb das meiste im Schrank noch trocken ist. Ich nehme Unterwäsche, Socken, einen Pullover, ein Sakko und eine blaue Stoffhose mit Bügelfalte heraus. Dazu ein paar Schuhe aus hellbraunem Leder mit kleinem Absatz, der beim Gehen dezent klackt. Seit Tagen bin ich nicht aus der Wohnung gegangen, denke ich, während ich mich anziehe, und jetzt mache ich gleich einen Ausflug, für den ich mich anständig hergerichtet habe. Dabei konnte ich gestern kaum aufstehen. Ich betrachte mich im Spiegel. Die Hose hängt locker auf den Hüften und meine Brust wirkt im Sakko schmal. Ich sehe gepflegt aus und dennoch wirkt meine Erscheinung verloren. Kurz wird mir schwindelig und ich muss mich aufs Bett setzen. Was mache ich hier? Für wen und warum habe ich mich so in Schale geworfen? Die Antwort ist klar und vollkommen absurd. Ich bin ein müder, erschöpfter Mann, der glaubt, er sei jetzt mit einer Walin im Ozeanarium verabredet, die vor zwei oder drei Tagen gestorben ist. Obwohl ich diesen Satz ganz klar denken kann und mir einleuchtet, wie unsinnig mein Verhalten ist, sehe ich wie der Mann im Spiegel aufsteht, sich die Hose und das Sakko glattstreicht, sich mit der Hand durch die Haare fährt und aus dem Spiegelbild verschwindet.

Als ich aus der Tram aussteige, sehe ich die Bäckerei vor mir. Die Tür steht weit offen und hinter den Fenstern sitzen Menschen plaudernd vor Kaffeetassen und halb aufgegessenen Gebäckstücken. Sie wirken zufrieden und reden gelöst. Etwas an diesem Anblick irritiert mich. Wenn ich die Bäckerei am Sonntagmorgen betrete, ist sie fast leer. Vielleicht steht jemand am Tresen und bestellt Brötchen, aber nie sitzt jemand an einem der Tische. Ich bin immer der Erste. Jetzt ist alles anders. Natürlich. Es ist Freitag. Der Vormittag ist weit fortgeschritten und die Menschen verbringen ihre Pause beim Bäcker. In mir wächst ein Widerwillen. Aus irgendeinem Grund will ich die Bäckerei nicht betreten. Ich spüre ganz deutlich meinen Hunger, aber hier will ich nichts essen. Während ich das denke, haben meine Füße mich schon zur Tür getragen und ich spähe in den Laden. Die Auslagen sind fast leer. Hier bekomme ich gar nichts mehr, denke ich. Mein Widerwillen wächst. Diese Bäckerei erscheint mir auf einmal abstoßend. Es scheint mir eine Zumutung, dass die Auslagen fast leer sind. Auch der Lärm, das ausgelassene Plaudern im Laden kommt mir unerträglich vor. Ich will mich umdrehen und gehen. Da erkennt mich die Verkäuferin und lächelt mir zu. Verlegen lächle ich zurück und deute unbeholfen auf mein Handgelenk, an dem ich keine Armbanduhr trage. Ich ziehe die Schultern nach oben und tue so, als hätte ich keine Zeit. Die Verkäuferin zwinkert mir zu, nickt und widmet sich dann wieder einem Kunden, der gerade vor ihr steht und mit seinem Zeigefinger auf ein paar einzelne Kuchenstücke deutet, die noch hinter der Glasscheibe liegen.

Ich haste mit großen Schritten über die Straße hin zum Ozeanarium. Es hupt neben mir. Verständnislos blicke ich in das Gesicht eines schimpfenden Mannes, der am Steuer seines Autos sitzt und mit der Hand eine Wischbewegung vor seinem Gesicht vollführt. Das Auto habe ich gar nicht gesehen. Flüchtig entschuldigend hebe ich die Hand, senke den Blick und bin erleichtert, als ich meine Füße auf den Bürgersteig setze. Vielleicht hätte ich wirklich etwas essen sollen. Ich bin ganz fahrig. Aber was mache ich mir vor? Ich würde keinen Bissen herunter bekommen und auch nicht die Ruhe haben, um gemütlich vor einem Stück Kuchen zu sitzen und es zu essen. Ich bin nur hier, um ins Ozeanarium zu gehen. Ich will wissen, ob die Walin in ihrem Becken schwimmt. Vielleicht war ja alles ein Traum. Vielleicht ist das alles nie passiert. Ich werde mich auf die Bank vor der großen Scheibe setzen. Ich werde ‚Walin' flüstern und dann wird sie hinter dem Glas erscheinen. In diesem Moment wird der ganze Albtraum vergessen sein. Jetzt gleiten meine Schritte leicht und beschwingt über den Bürgersteig. Keine Spur mehr von Erschöpfung oder Hunger. Ich fühle mich jung und kräftig. Ich habe ein Ziel, eine Perspektive. Alles erscheint wieder möglich. Vor mir leuchtet klar und dunkel das Auge der Walin.

Wie, sagt der ältere Herr im Kassenhäuschen, *Sie*? *Das ist aber ganz außergewöhnlich. Haben Sie Urlaub?*

Entschuldigen Sie, dass ich so aufdringlich bin. Aber Sie kommen immer am Sonntag. Und Sie sind immer der Erste. Und jetzt ist es Freitagmittag durch. Bitte entschuldigen Sie, aber ich habe zu meiner Frau schon immer im Scherz gesagt, nach diesem Herrn kann ich die Uhr stellen. Mir steigt die Röte ins Gesicht. Ich weiß nicht so recht, was ich erwidern soll.

Ja, Urlaub, sage ich dünn. *Ich habe Urlaub.* Ich will meine Brieftasche aus der Hose ziehen, aber der Mann sagt, *na, lassen Sie mal ihre Saisonkarte stecken. Die habe ich in diesem Jahr schon oft genug gesehen. Einen schönen Nachmittag wünsche ich Ihnen.* Der Mann lächelt mich an. Ich bedanke mich und bemühe mich dabei um eine feste Stimme. Aber sie klingt brüchig, gehetzt, nicht nach Urlaub. Sieht der Mann mir an, dass ich lüge? Und wenn schon. Es kann ihm doch egal sein. Für ihn bin ich sowieso nur ein Idiot, der jeden Sonntag allein ins Ozeanarium kommt. Ob dieser Idiot lügt oder die Wahrheit sagt, ist doch ganz egal. Der ältere Herr nickt mir freundlich zu und begrüßt dann eine Familie, die hinter mir darauf wartet, ihre Eintrittskarten zu kaufen.

Im Ozeanarium wimmelt es von Menschen. Familien mit Kindern, Großeltern mit Enkeln. Kinderwagen, Babys in Tragetüchern auf dem Rücken der Väter oder vor der Brust der Mütter. Es müssen Ferien sein. So voll habe ich es hier noch nie erlebt. Es sind viel zu viele Menschen hier. Es ist zu laut, zu voll. Mit diesen Menschen hat der Ort seine Ruhe, seine Schönheit eingebüßt. Alles ist widerwärtig. Trotzdem kommt es mir nicht in den Sinn, zu gehen. Es geht mir nicht mehr um Ruhe und Schönheit. Da ist nur noch eins. Ich will das große, dunkle Becken sehen. Ich will mich auf die Bank setzen und sehen wie die Walin vor der Scheibe auftaucht. Ich muss sie sehen. Ich muss wissen, dass sie da ist. Also schiebe ich mich durch die Gruppen von Menschen, die Familien, die Paare. Ich suche die Lücken zwischen ihnen. Manchmal ecke ich an. Eine Schulter steht im Weg oder ich muss einen Ausweichschritt machen, weil ein Kind unvermittelt zu einem anderen Aquarium quer über den Gang rennt. Ich entschuldige mich nicht, sondern hefte meinen Blick nur auf die große, dunkle Scheibe, die am Ende des Ganges liegt und der ich mit jedem Schritt näher komme. Die Scheibe ist dunkel, dunkler als gewöhnlich und es klebt ein Schild am Glas. Endlich. Als ich den Gang verlassen habe, weitet sich der Raum und ich habe Platz, die letzten Schritte unbehindert zum Becken zu gehen.

Wegen Bauarbeiten vorübergehend geschlossen, lese ich. *Im nächsten Frühjahr können Sie, liebe Besucher, unser frisch renoviertes Walaquarium wieder bestaunen. Wir bitten um Ihr Verständnis.* Renovierungsarbeiten. Was hat das zu bedeuten? Ist jetzt die Walin hier oder nicht? Es ist noch Wasser im Becken. Sie ist sicher noch hier. Vielleicht haben diese Renovierungsarbeiten gar nichts damit zu tun, was mit der Walin und mir passiert ist. Vielleicht haben sie das Schild schon aufgehängt und erst in den nächsten Tagen gehen die Arbeiten los. Das würde bedeuten, dass die Walin noch hier ist. Halt suchend blicke ich mich um. Da. Neben dem Becken der Walin ist eine Tür. ‚Zutritt nur für Personal' steht auf einem kleinen Schild. Ohne mich umzusehen, gehe ich zur Tür und drücke die Klinke nach unten. Sie bewegt sich. Als ich leicht gegen die Tür drücke, öffnet sie sich ein wenig. *Zum Glück*, murmle ich. Jetzt sehe ich mich doch kurz um. Niemand schenkt mir Beachtung. Meistens genügt ein Schild, um die Menschen davon abzuhalten, eine Klinke zu drücken. Ich schiebe die Tür ein Stück weiter auf, sehe mich noch einmal um, um mich zu vergewissern, dass niemand vom Personal mich sieht, und verschwinde dann schnell durch den Spalt in einen Gang. Es ist stockfinster und ich kann nichts erkennen. Vorsichtig taste ich mich vorwärts. Das Klacken meiner Schuhe hallt von den Wänden. Ich strecke die Hände aus und versuche nirgends anzustoßen. Da ist etwas. Meine Fingerspitzen berühren Holz. Ich taste es ab. Es ist noch eine Tür. Hoffentlich ist sie nicht abgeschlossen, denke ich. Ich suche die Klinke, finde sie, drücke sie herunter und die Tür schwingt auf. Dieser Raum ist groß und er ist heller. Er schimmert blau. Jetzt erkenne ich es. Eine Wand des Raumes ist das Becken der Walin. Das Wasser darin ist dunkelblau, fast schwarz. Ich würde die Walin kaum ausmachen können, denke ich, selbst wenn sie nur zwei oder drei Meter von der Scheibe entfernt wäre. Wie soll ich nur herausfinden, ob sie noch hier ist?

Walin, flüstere ich. *Walin, ich bin's. Bitte komm an die Scheibe und zeig dich. Nur kurz. Ich will nur wissen, ob es dir gut geht. Dann lass ich dich auch ganz bestimmt in Ruhe. Es tut mir so leid, dass ich mich nicht genug um dich gekümmert habe.* Ich lege meine Hände aufs Glas und starre in die Dunkelheit. Nichts geschieht. Wahrscheinlich hört die Walin mich nicht. Die Scheiben des Beckens sind zu dick. Wahrscheinlich war es letzten Sonntag nur ein Zufall, dass sie gekommen ist. Ja, es muss ein Zufall gewesen sein. Sonst würde sie doch auch jetzt zu mir kommen.

Ich schaue mich um und erkenne neben der Tür ein paar Lichtschalter. Ich drücke sie und flackernde Neonröhren erhellen den Raum. Sofort fällt mir eine Metalltreppe ins Auge, die am Beckenrand nach oben führt.

Ich nehme eine Stufe nach der anderen und gehe an der Glasscheibe entlang. Oben angekommen, stehe ich am Rand eines riesigen Beckens, das mir wie ein schwarzer See unter einer Neonsonne vorkommt. Die Wasseroberfläche ist undurchdringlich dunkel. Ich versuche meinen Blick ins Wasser zu bohren, aber egal wie sehr ich mich anstrenge, ich kann nichts erkennen. *Wo bist du, Walin*, flüstere ich. Plötzlich höre ich ein Geräusch. Es sind Stimmen. Wahrscheinlich Mitarbeiter des Ozeanariums, die ausgerechnet jetzt hier etwas zu tun haben. Wenn sie mich hier finden, werden sie mich wegbringen. Womöglich bekomme ich Hausverbot und darf nie wieder herkommen. Dazu darf es nicht kommen. Ich würde die Walin nie wiedersehen. Ich schließe die Augen. *Walin*, flüstere ich und versuche mir ihr Gesicht vorzustellen. In meinen Gedanken flimmern verschwommene Konturen. Sie liegt auf dem Teppich und ist blass. Meine Finger fahren über ihre Lippen und ich spüre in einem Augenblick alle Trauer und alle Freude dieser Erde. Da ist das Loch, in das ich mich verkrieche. Ihr Augenlid, das sich schließt und öffnet, das ‚Ja' sagt und ‚Nein'. Da ist das Loch in der Wand. Der Regen. *Ich bin da, Walin*, flüstere ich. Dann werden die Stimmen hinter mir lauter. *Hey! Hallo! Sie! Was machen Sie hier?* Es sind zwei Männer, denke ich. Sie haben mich gesehen. Langsam schiebe ich meine Füße nach vorn. Dann lasse ich mich fallen. Das Wasser ist kühl. Es ist mir vertraut. Es umhüllt mich ganz. Ich bin jetzt zu Hause, denke ich und öffne die Augen. Blau. Luftblasen. Dahinter schwarz. Hier ist niemand. Hier ist nichts. Nichts.

Bereits erschienen in der Edition Outbird:
Holger Much - Das Licht im Dunkeln

Eingehüllt in wundersame Kunstwerke, entspringen Holger Muchs Texte, vor allem seine Gedichte, zugewucherten Wäldern, ähneln knorrigen, liebenswerten Wichteln ebenso wie anmutigen Einhörnern und machen sich mit Hand, Fuß und Huf kurzerhand im Herzen breit, um dort eine Heimat zu finden.

Seine Worte haben einen ganz eigenen, geradezu musikalischen Klang. Denn viele seiner Texte scheinen unvertonte Liedfragmente zu sein, überliefert aus alter oder noch nicht wiedergekehrter Zeit, aufgeschnappt vom lauschenden und staunenden Wanderer Much, der sie fürsorglich in den hohlen Händen einzufangen und liebevoll nach Hause und zu Papier zu bringen scheint.

Mit „Das Licht im Dunkeln“ erscheint Holger Muchs erster, zudem mit zahlreichen wundervollen Illustrationen gestalteter, Lyrikband. Mit einem Vorwort von Asp Spreng und einem Nachwort von Markus Heitkamp.

Bereits erschienen in der Edition Outbird:
Manuela Staschke-Sautter - Verstörungen

In „Verstörungen" begibt sich Manuela Staschke-Sautter in die Welt der menschlichen Psyche. In fesselnden, beklemmenden Miniaturen öffnen sich die Gefühlslandschaften, Nöte und Einschränkungen hinter dem Grau einer Depression, der kalten Grandiosität einer narzisstischen Persönlichkeitsstörung, der Selbstkasteiung von Magersucht oder der Paranoia einer drogeninduzierten Psychose. Und bilden damit eine Draufsicht auf die Vielfalt psychischer Grenzgänge und deren Unvereinbarkeit mit einem Leben in Normalität. Nicht zuletzt, um den bis heute tabuisierten Themenkomplex psychischer Erkrankungen in die Öffentlichkeit zu tragen und zur Diskussion anregen zu können.

ISBN: 978-3-948887-16-2
Preis: 14,90€
Erhältlich im gut sortierten Buchhandel sowie unter **shop.outbird.net**

Bereits erschienen in der Edition Outbird:

Roland Spranger - A Kind of Blue

Lakonische Verlierer, die es mit dem Gesetz und der Realität nicht so genau nehmen. Pizza-Lieferanten, die den Glauben an Pizza verloren haben. Typen, die vom Leben zermatscht wurden, und nichts wollen als ein bisschen Würde – oder noch besser: Rache. Die schrägen Charaktere in Roland Sprangers Short Stories könnten unsere merkwürdigen Nachbarn sein, wie sie absurde Saufgespräche führen, schwer verkatert ins Stockholm-Syndrom reinschliddern, auf Crystal durchdrehen oder dagegen ankämpfen, verloren zu gehen. Der ein oder andere Mord ist nur konsequent. Und können Baukräne eigentlich Sex haben?

Bereits erschienen in der Edition Outbird:
Gerry X - Dilemma Nullzone

...den Windungen der Imagination folgend, die nun mal allein die realen Dinge schafft...

Das sagte der Surrealist Andre' Breton im Jahre 1929.

Und „Dilemma Nullzone“ ist surreal. Genauer: Der Roman – der kaum herkömmlichen Erzählformen folgt – ist ein prosaisches Manifest des surrealen Dadaismus. Die Protagonisten sind gefangen in einer ewigen Gegenwart. Becket's Godot taucht auf und enttäuscht. Dostojewski's Sonja aus „Schuld und Sühne“ veranlasst die Bagage sich auf den Weg zu machen um die Freiheit zu finden. Die Nullzone wir bereist...

Gerry X projiziert Sprachbilder in dieses Szenario, die Lesende auf einem postapokalyptischen Aussteigerplaneten wähnen und unweigerlich die große Frage nach dem Sinn dieser Überreste hedonistischer Kultur stellen lässt.

Die Walin

Christian Mahlow

Kurzroman